魔法のスイーツ大作戦

夢をかなえて！ ウィッシュ・チョコ

Chocolate Wishes
by Fiona Dunbar

Japanese translation rights
arranged with Orchard Books, London
through Japan UNI Agency, Inc., Tokyo.
Japanese edition published
by Froebel-kan Co., Ltd., Tokyo.

✿

絵／千野えなが
カバーデザイン／ニシエ芸株式会社〔亀井優子〕

魔法のスイーツ大作戦

夢をかなえて！
ウィッシュ・チョコ

登場人物

ルル・ベイカー

ケーキづくりが大好き。
魔法のレシピで
いろんなものをつくっている。

マイケル・ベイカー

ルルのパパで大忙しの広告マン。
お人よしだけど、
とってもやさしい。
さいきん、髪の毛が……。

ヴァラミンタ・ガリガリ・モージャ

元スーパーモデルで
パパの元婚約者。
テレビで大ブレイク中。

トーキル・
ガリガリ・モージャ

ヴァラミンタの息子。
お金もうけが大好きで、
とっても意地悪。

アイリーン

ルルの家のお手伝いさん。
最近またルルといっしょに
住んでいる。

フレンチー

ルルの大親友。
いつもルルを
ひっぱっていってくれる、
たのもしい女の子。

もくじ

アップル・スター
アンブロージア・メイ著《ちょ》

まえがき

リンゴを横半分に切ってみて。ほうら、ふたつの切り口のそれぞれに、五芒星《ごぼうせい》（☆）が見えるでしょ。これが、ふたつの〝アップル・スター〟。ひとつはヴィーナス、またの名を金星《きんせい》。宵《よい》の明星《みょうじょう》としても知られている星よ。もうひとつはあなた自身の星。時間と空間をこえて、あなたに、あなただけに話しかける星なの。さあ、水にかこまれたみごとな庭を想像《そうぞう》してみて。庭は、空にかがやく宵《よい》の明星《みょうじょう》と同じ名前。

この庭には三人の妖精《ようせい》がいて、黄金《おうごん》のリンゴの実がなる一本の木の番をしている。その世界に足をふみいれて秘密《ひみつ》を知った者はほとんどいない。けれどあなたは、秘密《ひみつ》を知る数少ない者のひとり。

第一の秘密《ひみつ》、それは、どんなことでも、できないことはないということ。

わたしに託された残りの秘密《ひみつ》は、これからのページのなかで、あなたにおしえてあげる。秘密《ひみつ》を使うときには、〝あなたの星〟のみちびくままに。

第一章　ふしぎな植物

そもそもはじめは、小さな秘密《ひみつ》がひとつあるだけだった。ところが、それじゃすまないのが秘密《ひみつ》ってものだ。小さな秘密《ひみつ》はどんどんふくれあがるし、ひとつの秘密《ひみつ》を守るためにつぎの秘密《ひみつ》も必要になって、またつぎも……。そうして、気づいてみたらルル・ベイカーはたくさんの秘密《ひみつ》をかかえこんでいた。それを打ち明けたのは親友のフレンチーただひとり。ほんとはアマンダ・フライが本名だけど、ひょろりとした体型《たいけい》だから、友だちのあいだでは〝フレンチ・フライド・ポテト〟にちなんでフレンチーと呼《よ》ばれている。

フレンチーは最初から、ルルのもつ『アップル・スター』という魔法《まほう》のレシピ本にまつわるすべてを知っている。最近《さいきん》ルルが家の裏庭《うらにわ》で、レシピの材料になる植物を育てはじめたなんてことも。だって、夏至《げし》の日の夜、ルルがもらったあの手紙をいっしょに見ているから。ルルのよき相談相手であり、魔法《まほう》の材料をくれる、カサンドラからのあの手紙を……。

親愛なるルルへ

おめでとう！　これで三つのレシピを成功させたじゃないの。まあ、第二のレシピは期待した効果《こうか》をあげなかったけど、それでも善意《ぜんい》でやったことだし、幸運《こううん》な結果に終わったしね。

成功できたのは、あんたが信念《しんねん》を行動力《こうどうりょく》で示したこと、それに創造《そうぞう》的《てき》な料理をつくったり植物を育てたりする才能《さいのう》を見せたおかげだよ。だからあんたには、つぎの責任《せきにん》ある仕事に進む資格《しかく》がある。つぎっていうのは、つまり、自分だけの材料のたくわえを育てるっていうこと（あんたがそれをのぞむならね）。受けついだ『アップル・スター』は、存続《そんぞく》させなきゃならない遺産《いさん》なんだよ。そしてこれは、存続《そんぞく》させるって過程《かてい》の中で、つぎに進むステップなんだ。あたしは、あんたがそのステップに進むことを心から願ってるし、あんたへの信頼《しんらい》の印《しるし》に、この種《たね》を同封《どうふう》しておくよ。これを植えておくれ。じゃあまた、近いうちに。

カサンドラ

さっそくつぎの日、ルルは喜びいさんでそのヌキアシサシアシ・クリロウという植物の種を庭にまいた。そしてそのあとも、つぎつぎと新しい植物をふやしてきた。ところが近ごろ、ルルの変わった植物たちのことをパパがやたらときいてくるようになった。けど、パパを責めるなんてできない。だって、どれもほんとにふつうじゃないから……。

ルルは、最後の種《たね》をしめった土の中におしこんでから、土をかぶせて軽くおさえた。霧《きり》雨《さめ》のせいで庭じゅうに秋の枯葉《かれは》のカビくさいにおいが満ちている。ルルはこのにおいが好きだった。このにおいがしだすと、ハロウィン・パーティーのホットワインのにおいや、ガイ・フォークス・ナイト（一六〇五年にイギリス国王暗殺をくわだてたガイ・フォークスの逮捕《たいほ》を祝う十一月五日のお祭り）のリンゴあめと、燃《も》えつきた花火のにおいもすぐにやってくるからだ。

風鈴《ふうりん》の音にまじって、どこからかやわらかなささやき声が聞こえてくる。その声を無視《むし》して、ルルはしゃがんだまま体を起こし、庭いじり用のパンツで手をぬぐった。

「よし！　これで秋の種《たね》まきはおしまい」とフレンチーにいう。

「それ、どんな種類？」フレンチーがこうふんした声できいた。

「ナツメの木。あっちのに似《に》てるんだ」

そういってルルは、熟《じゅく》した赤い実のなる小さな茂《しげ》みのほうにあごをしゃくった。

「あの実って、ほんとにおいしいの。けど、味見しちゃダメだよ。意識《いしき》がなくなっちゃうから。〝眠《ねむ》りの精《せい》のスムージー〟っていうのに入れるんだけど、飲んだらたちまち眠《ねむ》っちゃうの。あたしはいつも寝《ね》る前に飲むようにしてるんだ！」

またしても、あのささやき声がする。

声のするほうをフレンチーがじっと見つめ、顔をしかめた。声がやむ。

フレンチーは肩《かた》をすくめて、あたりをきょろきょろ見まわした。

「ルー、ここってすごいね」

そういって、ルルがつくりあげた色あざやかなジャングルに視線《しせん》をむけた。

「それで、ヌキアシサシアシ・クリロウはどれ？」

「むこうの、あれ」

ルルは、羽のような葉っぱと小さな青い花をつけた、わりとへいぼんな植物を指さした。

「あれ？　なんかすごく……ふつうだね」とフレンチー。

「まあ、動きだしてからのお楽しみだよ！」

ヌキアシサシアシ・クリロウは、直射日光《ちょくしゃにっこう》が大嫌《だいきら》いで、日ざしをさけるためにほんとに自分で歩いて庭を移動《いどう》することから、その名前がついている。ルルは白っぽい灰色《はいいろ》の空を見あげた。

「でも、今はちょっとどんよりしてるから、動くかどうかわかんないな」

その声を聞きつけ、さっきのささやき声が大きくなった。

ルルは、うしろにはえている、きれいなしだれ枝《えだ》の小さな木をふり返った。

「しーっ！」すると、たちまち木はだまりこんだ。

フレンチーがクスクスと笑う。

「わかった、これイズモの木でしょ！」

ルルはやれやれというようにぐるっと目をまわしたものの、なんだかちょっとだけ笑ってしまった。

「そう、そのとおり。まったくさ、そばで話してると、いっつもボソボソしゃべりだすの。まるで自分も話に入ろうとしてるみたい。ほら、また！　しーっ、だまってってば！」

そして、フレンチーと腕《うで》を組むと、彼女《かのじょ》を庭のむこうに連れていった。この木のことを知ったのは、はじめてカサンドラに会ったときだった。イズモのハチミツは、前につくった、食べると真実をあらいざらいぶちまけてしまうスイーツ、〝ミラクル・クッキー〟に、なくてはならない材料のひとつだった。(『ミラクル・クッキーめしあがれ!』参照)

「おしゃべりする木」なんて、ルルにはたまらなく魅力的《みりょくてき》に思えたから、何度かカサンドラを説得して、ようやく、若木《わかぎ》を一本わけてもらったのだ。

「でも、あの木にはイラつくかもって、ちゃんとカサンドラが警告《けいこく》してたんでしょ」

と、フレンチーが指摘《してき》する。

「うん、わかってる。だって、とにかくほしかったんだもん!」

ルルはそうみとめると、

「ねえ、これ見て」

と、トランペット型の白い大きな花をつけた植物のほうにフレンチーを連れていった。

それぞれの花の付け根に、黄色いキュウリに似《に》た小さなカボチャがなっている。おとなりのネコのスシがふらふらと近づいてきて、クンクンとにおいをかいだ。するととつぜん、花の中心から、スシの顔めがけて透明《とうめい》な液体《えきたい》がとびだした。

フギャー!

スシはかん高い声をあげると、平和なとなりの庭にあわてでもどっていった。

ルルはクスクスと笑った。

「ほら、わかったでしょ？　なんであれがテッポウ・カボチャっていうか」

「ああ、あれで前につくったのが――」

「そう、さかさまケーキ！　すごいでしょ？」とルル。

集めるのはひと苦労だけど、テッポウ・カボチャから出るあの汁《しる》は、今やルルの大のお気に入り、〝さかさまケーキ〟の大事な材料だ。さかさまケーキはクソまじめな人の気分を明るくするためのもので、学校の先生たちにおどろくほどよくきくってことに、あるときルルは気づいてしまった。

「お、ヌードル、ここにいたのか」ルルのパパが裏口《うらぐち》のドアからあらわれた。

「やあ、フレンチー」

「うわっ！　えっと、こんにちは」フレンチーは最初、少し面くらっていた。

ルルのパパの髪《かみ》に変化が起きていることは、ルルから聞いていたけど、自分の目で見るのははじめてだったからだ。たしかに、すごく変わっていた。

パパがにっこり笑って、髪《かみ》をかきあげた。

「お母さんとお父さんは元気かな？」

「はい、すごく！」

「休みを楽しくすごしてるかい？」

フレンチーがうれしそうに顔を赤くした。

「はい、ありがとうございます。ふたりがうまくいってくれて……ほんとによかった」

フレンチーの両親、ジャックとジルのよりがもどったのは、〝キューピッド・ケーキ〟のおかげだ。（『恋《こい》のキューピッド・ケーキ』参照）これは、ひと口食べて最初に目にした人に恋《こい》をするっていう、魔法のレシピのケーキだ。ほんとはこのケーキを使って、ルルのパパとフレンチーのママをくっつけるつもりだった。でもこうなってみれば、作戦は失敗でもルルは大手がらをあげたってことだ。

「そうだろうね」とパパ。

そのときパパがせつなげな目をしているのが、ルルの目にとまった。ママが死んでもう七年。当時ルルはあまりにおさなくて、三人ですごしたお休みの記憶《きおく》はまるでない。ルルにあるのは写真だけだった。

パパが空を見あげた。

「お、やっと明るくなってきたみたいだ！」

たしかに、いつのまにか雲のあいだに青空があらわれ、十月はじめの日の光を、ヌキアシサシアシ・クリロウにまともに浴びせかけていた。ルルとフレンチーは不安げに目を見かわした。パパはまだクリロウの〝お忍《しの》び〟を目撃《もくげき》したことがない。っていうより、見た目は地味でふつうのこの植物が、まさか時間によってあちこち別の花壇《かだん》に出没《しゅつぼつ》しているなんて、気づいてもいない。

パパがまた髪《かみ》をなであげた。

「それじゃ、ふたりによろしくいっておいてくれるかい？」

と、中にもどりかけてフレンチーにいった。

「近いうちにぜひ、ごいっしょしようって」

「伝えておきます」とフレンチー。

パパの背中《せなか》がこっちをむいたとたん、ルルとフレンチーはそろって体をまわし、期待顔でヌキアシサシアシ・クリロウを見つめた。

思ったとおり、太陽が苦痛《くつう》になりだしたクリロウが、ずんぐりした〝ダイコンあし〟の根っこを地面から引っこぬき、庭の日陰《ひかげ》にむかってぶらりと歩きだした。物音ひとつたてずに歩いていたのに、いきなりパパがふり返った。

「ああ、そういえば、いい忘《わす》れてた……」こっちをむいたパパが、みるみるかたまった。

三人ともその場につっ立って、クリロウが快適《かいてき》そうな日陰《ひかげ》に歩いていき、やわらかな地面に根っこをまたそっとすべりこませていく姿《すがた》に目を見はった。クリロウは〝おしり〟をくねくねさせながら体をしずめると、満足げに葉っぱを広げた。ルルはごまかすように笑い、つられてフレンチーも笑った。

パパがごしごし目をこすった。

「今のは現実《げんじつ》か？」

「えっと……」それだけいって、ルルはまたどっと笑いだした。

パパがせきばらいをする。

「なあルル。前にも話したけど植物学者をやってる大学時代の友だちに、一度話を……」

「やめて、パパ、お願い！」そういってルルはパパのそでを引っぱった。

でもちょっと待って、あんまり必死に聞こえるのはまずい……。けど、もしその学者って人がうちの植物のことを聞いたら、魔法《まほう》のレシピ本『アップル・スター』のことも、ミラクル・クッキーやキューピッド・ケーキを使ってルルがしたことも、みんな、あっというまに人に知られちゃう。

「だって、なんていうか、えっと……」

もっともらしい口実が見つからずに、ルルはことばがつづかない。

「なんだ、ルル。ばかいうなよ！　興味《きょうみ》あるじゃないか。べつに彼《かれ》に話したからって、なんの……」

「エヘン」フレンチーがメガネの位置をなおしながら、話にわりこんだ。

「ルル、あたしたちのちっちゃな秘密《ひみつ》のこと、おじさんに打ち明けるしかないんじゃない？」

ルルは信じられない思いで、ぼうぜんとフレンチーを見つめた。とんでもない！

「えっと、じつは」フレンチーがパパにいった。

「うちのお母さんが野菜やなんかつくるのにほんとにハマってるのは、知ってますよね？」

そういいながら、ルルの不安をしずめるために、「うちのお母さんが」というところで、ちらっとルルに視線《しせん》を送った。

「ああ……？」

「なんていうか……お母さんが育ててるなかには輸入品種《ゆにゅうひんしゅ》もあって、そのー、お母さんはそういうのを自分でもちこんでるんです。それって、正確《せいかく》には法律《ほうりつ》でみとめられてなくって。それで、ルルも庭いじりに興味《きょうみ》をもったとき、種とか挿《さ》し木《き》とかをお母さんがわけてあげたんです。だから、えっと、だれにもいってほしくないんです。お願いします……」

さすがフレンチー！　ルルはほっと胸《むね》をなでおろした。なんてうまいいいわけなんだろう。フレンチーって、頭の回転が速い。

パパはむずかしい顔をして頭をふった。

「いいでしょ、パパ？」

ルルはなおもパパの腕《うで》にしがみつき、出血大サービスで、せいいっぱい気持ちのこもったクリクリッとした目をしてみせた。

「フレンチーのママをゴタゴタにまきこみたくないでしょ？」

パパは髪《かみ》をかきあげて、ため息をついた。

「パパはべつにだれもゴタゴタになんかまきこみたくないさ。ただ……なあ、たった今うちの庭を草が歩いたんだぞ！」

「しーっ！　ご近所さんに聞かれちゃう」とルル。

「シーッ！　バブバブ、ウィッシー、グラディリバム！」とイズモの木。

パパは大きなため息をつくと、またしても頭をふった。

「やれやれ！　パパは散歩に行ってくる……」

そしてくるりと背中《せなか》をむけると、わきの門から出ていった。

第二章　ストロベリー・シャーベット

「ハイ、おふたりさん！」

アイリーンがコート二着と帽子《ぼうし》三つをいっぺんに身に着け、ヒツジの毛皮の敷物《しきもの》とラジカセ、東洋ふうの傘《かさ》、青いまつげのマネキン人形に、自分の背《せ》よりも長い木製《もくせい》のなにかをかかえてやってきた。

オーストラリア人のお手伝いさん、アイリーンは、昔はルルの家でいっしょに住んでいたけれど、その後は通いで働いていた。ところが少し前、ひねくれ者の家主といざこざがあり、アパートを追い出されてしまった。だから、別のアパートが見つかるまでの二、三週間、うちに住んだらいいとルルのパパがすすめ、今日は引《ひ》っ越《こ》しの日だ。

パパのほかに家族のいないルルは、たとえちょっとのあいだでもアイリーンがまたいっしょに暮らすと思うと、やたらとワクワクしていた。アイリーンのおかしな姿《すがた》、とくにマネキンを見て、クスクスと笑いがこぼれる。

「ハイ、マネキンのおみやげなんて、すてき！」

「この子、ドリーって名前なの」アイリーンが笑った。

「ドリー、みんなにあいさつしなさい！」

「よろしくな、ドリー」

と、パパが髪《かみ》をなでつけながらルルとフレンチーのとなりにあらわれた。さっきはむっとして庭から出ていったけど、もう気が晴れたみたいだ。ルルはほっとした。

「さあ、手伝おう。残りの荷物はどこだい？」

パパがアイリーンの荷物をいくつか受けとろうと、手をのばす。

「ありがとう、マイケル。車にバックパックとスーツケースがあるだけ……おっと、ディジェリドゥー（オーストラリア先住民アボリジニの伝統楽器《でんとうがっき》）に気をつけて――壁《かべ》を傷《きず》つけたくありませんから」

巨大《きょだい》な木製《もくせい》の楽器をつかもうと奮闘《ふんとう》しているパパに、アイリーンがいった。

ルルとフレンチーは、傘《かさ》とラジカセを引きうけた。

「ねえ、アイリーンの部屋でディスコ・パーティーやろう！」

とルルはもちかけ、階段《かいだん》にむかった。

「ルル！」とパパが声をあげる。

マネキンとディジェリドゥーをもって階段《かいだん》をのっしのっしとあがるのにあわせて、パパの顔の前で髪《かみ》がふさふさゆれている。

「落ちつくまでアイリーンをゆっくりさせてあげなさい！」

「あら、いいんですよ！」とアイリーン。

「ふたりにはしばらく部屋にいてもらってかまいませんから。まあ、ドリーったら。マイケル、あなたにひと目ぼれしたっていってますよ！」

「彼女《かのじょ》は……男とみたら、みんなにそういうのさ」

パパが息をはずませてジョークをとばした。

「知ってます――わたしの男をみんな横どりするんですから」とアイリーンが笑った。

「わたしもこんなナイスバディだったらよかったのに！」

ルルもいっしょになって笑ったものの、アイリーンがつい最近ボーイフレンドと別れたことを思いだしてしまった。

相手はバンドのドラマーをしていたフィル。アイリーンのボーイフレンドで、半年以上もった人はいないみたいだけど、フィルの場合、それでかえってよかったのかもしれない。

だって、三月の雨ふりの火曜の夕方みたいに退屈《たいくつ》な人だったから。そんなふうにうまくいかない恋愛《れんあい》ばかりで、アイリーンはさぞうんざりしてるだろうって思うけど、なにがあろうと、へこんだりしないみたいだ。知りあって三年、いつだって彼女《かのじょ》はこんなふうに明るくて、しゅわしゅわのストロベリー・シャーベットみたいな人だった。

荷物がぜんぶ部屋に集まると、アイリーンはすぐにコートをぬぎはじめた。

「ほら、キャッチして！」

といって、ポケットの中にあったキャンディをルルとフレンチーにほうった。

そのひとつをキャッチして、ルルはベッドにとびのった。

「ねえ、真夜中の宴会《えんかい》やろうよ――それって楽しくない？」

「わたしの地元じゃ、よくビーチで真夜中のバーベキューしたもんよ！」

と笑いながら、アイリーンがスーツケースをあけた。

「けどここは、そんなのするには、とんでもなく寒いわね！」

「わあ、真夜中のバーベキューなんて楽しそう。なんでオーストラリアを出たいなんて思ったの？」とフレンチー。

「あら、ロンドンはほんとにすばらしいとこよ……それに、かわいいルルなしじゃ、もう生きていけないじゃない?」とアイリーンがルルの髪《かみ》をくしゃくしゃにする。

ルルはキャンディをしゃぶった。

「あー、うれしい。この部屋にまたアイリーンがいてくれるなんて。あのぞっとするトーキルがいたときより、ずーっと楽しくなるだろうなぁ」

アイリーンが顔をしかめた。

「うーっ! 今ごろどんなおそろしいこと、たくらんでるんだか」

トーキルっていうのは、ヴァラミンタ・ガリガリ・モージャの息子。そしてそのヴァラミンタというのは、つい一年半くらい前、もう少しでパパをまんまとだまして教会の結婚《けっこん》式《しき》に引っぱっていこうとしてた人だ。ほんとに危《あぶ》ないところだった。でも、ルルがトーキルに食べさせたミラクル・クッキーがふたりの本性《ほんしょう》をあばいて、大惨事《だいさんじ》をふせいでくれた……。

「きっと富《とみ》と名声にひたってるんだろうね。今じゃ、母親がテレビスターだもん」

とフレンチー。

「あたしこのあいだの夜、あの番組見たんだ」

「やだ、しーっ! この家であの番組のことはいわないで! とにかく、パパが家にいるときはやめて」とルル。

最近ヴァラミンタはおもしろい方面で活躍《かつやく》をはじめている。何年も前には売れっ子ファッションモデルだった彼女《かのじょ》も、その後は坂をころげ落ちるみたいに人気が急落。以来ずっと、スターの座《ざ》に返《かえ》り咲《ざ》こうと必死にもがいていたけど、それがどんどん絶望的《ぜつぼうてき》になっていた。ところが最近、テレビの大改造番組《だいかいぞうばんぐみ》、『ファッション・ポリス』のメイン出演者《しゅつえんしゃ》としてよばれたところ、それが大当たりした。

『ファッション・ポリス』はヴァラミンタとふたりのアシスタントが出演《しゅつえん》する番組で、三人の任務《にんむ》は、一般市民《いっぱんしみん》の家にアポなしでおしかけ、犠牲者《ぎせいしゃ》の生活スタイルをそっくり改造《かいぞう》すること。おしかけられたほうは、〝おしゃれじゃない罪〟でタイホされ、ヴァラミンタにめちゃくちゃにけなされる。まさに犠牲者《ぎせいしゃ》だ。

「どっちにしても、わたしがあんなの見てがまんできるなんて思わないでちょうだい」と、引き出しに服をしまいながらアイリーンがいった。

「あの人、アイリーンにはとくにつらく当たってたよね」とフレンチー。

「ほんとだよ！」とルルがわりこんだ。

「あんなふうに、理由もないのにアイリーンをクビにしてさ。そりゃもちろん、アイリーンに本性《ほんしょう》を見やぶられてたからなんだろうけどね、アイリーン?」

「まあ、わたしは彼女《かのじょ》が……エヘン、ルーのお父さんにふさわしいか、確信《かくしん》がもてなかったってとこかしら……」

「うん、それにきっとあの人、アイリーンに嫉妬《しっと》もしてたんだよ。アイリーンがかわいいから」とルル。

「そうだ! あのゾッとするグロドミラのこと、おぼえてる?」とフレンチーがいった。

グロドミラは、ヴァラミンタがアイリーンのかわりにやとった、たるみたいな体型の、おっかないモルデニア人だ。

「『イマ、ココ、ソウジシタイ』」

と、ルルはグロドミラのものまねをした。そしてぞくっと身ぶるいした。

「うーっ、思いだしたくもない!」

「今でもヴァラミンタのとこで働いてるって話よ」

といいながら、アイリーンがスーツケースからアルバムをとりだした。

「ねえ、ちょっとこれ見て」と、ルルとフレンチーが寄《よ》っていくと、アルバムを開いた。

「わたしの〝ルル〟アルバムなの」

「わあ、これおぼえてる！」

ルルは大声をあげ、ゆっくりページをめくっていく。幸せな記憶《きおく》がどっとよみがえってきた。ところがそのとき、ヴァラミンタもいっしょに写った一枚《いちまい》があらわれた。

「うそ……。なんで彼女《かのじょ》がこんなとこにいるの？」

アイリーンが、しまったという顔をした。

「あら、ほんとよね、でもルルがかわいく写ってるから」

ルルはこわい顔でアイリーンを見た。

「ああ、わかった」アイリーンは写真をはがして、クズかごに投げ入れた。

「ダメ、ちょっと待って」とルルはペンを手にとる。

「ヴァラミンタにひげをつけなきゃ」

そしてアイリーンとフレンチーがクスクス笑っている前で、ヴァラミンタの顔に〝飾《かざ》りつけ〟をしていった。

「そうだ、ほら、もっとあるわよ！」

といってアイリーンが雑誌《ざっし》の『ホット』をベッドにほうりだす。

「いくらでもいじくりまわせる写真がのってるわ。まったく近ごろじゃ、あっちにもこっちにも出てるんだから！」

「ほんと」

あいづちを打ちながら、ルルはヴァラミンタの歯を一本、ていねいに黒くぬりつぶした。

「なんか、あの人からは逃《に》げられないみたい……」

そう口にしたとたん、ひどい胸《むな》さわぎにおそわれた……。

第三章　パンケーキ

警告《けいこく》

このレシピにはききめがある。悪の手にわたれば、危険《きけん》なことにもなりかねない。この本があなたの手にわたったのは、ほかのだれでもなく、あなたのためのものだから。だれにも見つからないところに保《ほ》管《かん》しておくように。あなたは贈《おく》り物《もの》を受けついだ。上手《じょうず》に活用《かつよう》すること。

アンブローシア・メイ著《ちょ》『アップル・スター』のまえがきより

ルルは『アップル・スター』を抱きしめて、フレンチーといっしょに屋根裏部屋《やねうらべや》にあがった。パパはまた出かけているし、荷ほどきを終えたアイリーンも外出中。今この家には、ふたりだけしかいない。そこが重要なところだ。だってこの屋根裏《やねうら》でのことはトップシークレットだから。

「おじさんに見つからないなんて、なんでわかるの?」フレンチーがいった。

「だって、パパはほとんどここにはあがってこないから。それに――」

と、ルルはポケットから小さなカギをとりだすと、ほこらしげに高々とかざしてみせた。

「カギはあたししかもってないもん!」

そういってフレンチーを古い洋服ダンスに連れていき、カギをあけて、さっとドアを開いた。

「ジャジャーン!」

洋服ダンスは仕切りがたくさんあるタイプのもので、どの仕切りの中も、ずらりとならんだガラスびんと小さな包みがひしめきあっている。エキゾチックなハチミツやスパイス、粉、木の実。ネクタイかけにかかっているのは、ロープでつながれた正体不明のドライフルーツや野菜、植物の根だ。ルルはそのくらくらするようなふしぎな香《かお》りを吸《す》いこんだ。魔法《まほう》の材料でいっぱいの、カサンドラのあの家とそっくりなにおいを。

フレンチーが風船ガムをパチンといわせた。

「ワオ！　ルー、すごいかくし場所じゃん。ねえ、おじさん、もう庭のこと忘《わす》れてくれてるといいね。けど、やっぱり『アップル・スター』のこととか、おじさんに話すのは無理なんだよね？」

ルルは目を大きく見開いた。

「当然だよ！　そりゃあさ、ちょっとはうしろめたいなって、思うときはあるよ。けど、ヴァラミンタのこと考えたら、やっぱりあたしが助けてあげてパパはラッキーだったたって思うもん。それに、もしミラクル・クッキーのこと――さもなきゃ、キューピッド・ケーキのこと知ったら、パパがどうなっちゃうか想像《そうぞう》できる？」

「ああ、まあ……」

「それにわかってるだろうけど、すごい力があるってわかったとたん、こんなのすぐにとりあげられちゃうよ」ルルは『アップル・スター』をふってみせた。

「あたしが危険《きけん》な目にあうんじゃないかって、めちゃくちゃ心配するはずだもん……ねえ、フレンチー、わかるでしょ？　このことはもう話しあったはずだよ」

「わかった、ルーのいうとおりだね」フレンチーはそうみとめると、

「ねえ、おじさんの髪《かみ》、ふさふさ！」と笑ってつけくわえた。

ルルもクスクスと笑った。

「すごいでしょ！　パパに〝うぶ毛育毛パンケーキ〟食べさせてるっていったよね？」

パパは最近まで、うす毛ぎみだった。潮《しお》がひいたあとのビーチみたいに、おでこがどんどんむきだしになってきていた。ところが、ルル以外のみんなはびっくりしてるけど、うぶ毛育毛パンケーキが、ビーチに新しい波をどんどん送りこむみたいに、ふっさりつやつやの髪《かみ》を徐々《じょじょ》にはやしている。

「もうあんまりよれよれに見えないでしょ？」ルルはほこらしげにいった。

「アイリーンなんか、パパがセクシーだから友だちは家によばない、だって、みんなパパのこと好きになっちゃうから、なーんていってパパのことからかってるんだよ！　けど、あたしがなにに笑っちゃうかわかる？　年がら年中パパがこうやってること」

そういってルルは髪《かみ》をかきあげた。

「髪《かみ》のこと、うれしくてしかたないんだよ！」

フレンチーが笑った。

「うん、あたしも気づいてた」

「ほかにあたしがなにつくったか、知りたい？」

ルルはタンスの中に手をのばし、スイーツがぎっしりつまったマヨネーズのびんをふたつとりだした。

「ほら、これ見て」

びんのひとつには深緑色のスイーツ、もうひとつにはまっ赤なスイーツが入っている。

「なにそれ?」とフレンチー。

ルルは『アップル・スター』を開いて、そのページをフレンチーに見せた。

フレンチーが本を受けとり、読みあげる。

「『心を読むレシピ――霊媒《れいばい》サワー、心霊《しんれい》スイーツ』」

そこで低く口笛を吹《ふ》き、さらに読みつづけた。

「『これは形のうえではふたつのレシピでも、おたがい、もう一方がなければなんの効果《こうか》もないため、ひとつとかぞえる。心霊《しんれい》スイーツは、頭の中の声を盗聴《とうちょう》しなければならない相手、つまり頭の信号の発信者にあたえるもの。そしてこの信号の受信者であるあなたは、霊媒《れいばい》サワーを食べる必要がある』……わあ、これってすごい! 考えただけで楽しそう」

「チッチッチッ!」指を一本ふりながら、ルルは警告《けいこく》した。

「ここになんて書いてあるか、よく見て。『ほかのレベル三のレシピ同様、このふたつを使うときには、特別注意をはらうこと。おもしろ半分に使ってみようなんて考えてはだめ！そんなきつい悪ふざけは、たいへんなことになるだけだから』」

「なーんだ！」フレンチーががっかりした。

「カサンドラは、いちおうつくっておいたらいいっていっただけなんだ」

とルルはつづけた。

「こういうスイーツなら、くさったりしないで何年も保存《ほぞん》できるし、いざってときのために、もっておくのにいいからね」

「いざってとき？　ちょっと、まさかまだヴァラミンタとトーキルのこと心配してんじゃないよね？」

　今年の夏、トーキルはしつこくルルにつきまとっていた。前に、トーキルがとつぜんみんなの前で自分たち親子の本性《ほんしょう》を暴露《ばくろ》してしまった裏《うら》には、魔法《まほう》のレシピ本の存在《そんざい》があったんじゃないかと、ヴァラミンタとトーキルが感づいたからだ。そしてたぶんルルこそが、そのレシピでスイーツをつくった張本人《ちょうほんにん》じゃないかと、うたがっていた。

「やだ、ちがう、そんなんじゃない。だってあのふたり、ほんとは『アップル・スター』のことなんか知らないでしょ？　たぶん今ごろは、自分たちがむだな努力してたって思ってるよ」

「それにヴァラミンタには、ほかにやることがあるしね。『ファッション・ポリス』とか、いろいろ」とフレンチー。

「そうだよ。けど、こういうスイーツもっとくのは悪くないでしょ？」

そんなことをいいながらも、ルルは少し胸《むな》さわぎがしていた。なぜかはわからない。なのに、ヴァラミンタの名前を出しただけで、最近、またおかしな気分になる。同時に、どうしてもなにかスイーツをつくらなきゃって気にも。

ルルはフレンチーから『アップル・スター』を受けとり、ページをめくりはじめた。

「わあ、見て、ひそやかブラウニー！　これももっとくといいって、カサンドラがいってた。前にあたしたちがもらった、おだまりショートブレッドにちょっと似《に》てるの。おぼえてる？」

「もちろん」とフレンチー。

カサンドラのおだまりショートブレッドは、ルルとフレンチーがたてる声と物音を完全に消してくれた。でも、ききめは数分で切れてしまう。カサンドラは、自分は魔法《まほう》のレシピをちょっとかじってるだけで、ルルの『アップル・スター』のレシピのほうがずっと強力なんだといっていた。それを思うと、ルルは、自分がすごく特別になったような気がする。まあ、少し緊張《きんちょう》もするけど。

「ひそやかブラウニーの場合、もちろん足音とか物音は消してくれるけど、声はそのままだから話はできるの。しかもききめはずっと長いんだ。最高八時間」

ルルはうれしそうにつづけながら、材料をさがしてタンスの中をあさった。

「だれかをこっそりスパイするのに、すっごくいいんだよ！　それに長もちだし。えっと、どこだっけ……そうだ、思いだした！」

「どうしたの？」

ルルは頭をおさえた。

「このレシピにはヌキアシサシアシ・クリロウの根がいるんだった。あの子のアシを切らなきゃならない！」

フレンチーがびっくりして息をのみ、すぐに、今は植物の話をしているんだったと思いだした。

「ちょっとまって、ルー、たかが草じゃん！」

「たかが草って、どういうこと？　あたしはあの子たちを愛してるの！　ダメ、とても自分でそんなことする気になれない」

「ルー、またのびてくるんだよ、バカだな！　バラのよぶんな枝《えだ》を落としたり、リンゴをもいだりするのと、ちっとも変わんないじゃん。出血多量で死ぬとかじゃないんだから」

「わかってるよ、ただ……、すごく意地悪な気がするんだもん。長いこと歩けなくなっちゃうんだよ。なんか、かわいそう」

「日傘《ひがさ》さしてあげなよ」とフレンチー。

ルルはただ顔をしかめた。

「じゃあ、いいよ。あたしがやる！」

「わかった」ルルはしぶしぶそういうと、スイーツの材料をしまってタンスを閉《と》じた。そして、

「あっ、ダメだ、ちょっと待って！」と『アップル・スター』を手にとった。

「思いだした、フレンチーがやっちゃダメなんだ！」

「なんで？」

「あたし以外の人がスイーツをつくっちゃだめなんだよ、おぼえてる？　さもないと、本のとおりにきかないって。それって、準備《じゅんび》もぜんぶひっくるめてってことなんだもん」

「ルーってば、そんなわけ――」

「ううん、フレンチー、あたしが自分でやる。ただ、二、三日ちょうだい。かくごを決めるから」

フレンチーはあきれたとばかりに目玉をぐるっとまわした。

「あーあ、やれやれ！」

第四章　さかさまケーキ

地理のパイ先生は幅広《はばひろ》ののっぺりした顔で、ところどころがパイ生地みたいにめくれあがっている。あだ名はパイ顔。あんまりにも退屈《たいくつ》な人だから、先生の授業《じゅぎょう》を聞いていると、生徒はきまって死んだように元気がなくなってしまう。先生がやたらこまかく説明したがる、岩層《がんそう》みたいに……。だからルルは、月曜の二時間つづきの授業《じゅぎょう》の前は、いつも〝さかさまケーキ〟を職員室《しょくいんしつ》にもっていくようにしている。先生はケーキを食べるときもあれば、食べないときもある。

「コートジボワールは西アフリカにある国です」パイ先生がダラダラしゃべるのといっしょに、落ちつきのない生徒たちの身じろぎやつぶやきがつづく。

「土地はほぼ平坦《へいたん》、北部に山があり、たくさんの天然資源《てんねんしげん》があります。石油、ダイヤモンド、マンガン、などなど……」

ルルの目がどろんとなる。

「キーワードは……絶滅危惧種《ぜつめつきぐしゅ》……森林破壊《しんりんはかい》……」

「ちょっと！」フレンチーがひそひそ声でルルにいった。

「さかさまケーキはどうなっちゃったの？」

「まあ、ききめが出るまでにしばらくかかるときもあるから」とルルは説明した。

「でもちょっと待って、先生の目が少しキラキラしてるみたい！　あれは最初のしるし……」

「じつは」とパイ先生が考えこむようにいった。

「考えてみたら、コートジボワールの輸出品《ゆしゅつひん》には、ほんとにすばらしいものがたくさんあるの。うーんと、そうだわ……」

そこで先生はことばを切った。うしろのほうでジーナ・レモンがいやな笑い声をあげた。ルルの前の男の子は、自分の鼻に鉛筆《えんぴつ》が何本入るかたしかめるのに夢中《むちゅう》になっている。

「ココアよ！」いきなり先生がさけんだ。

おかげで前の席の男の子が、見るからに痛《いた》そうなところまで、鉛筆《えんぴつ》をぐいっとおしこんでしまった。さっきまでただのパイ生地だった先生の顔が、目はぱっちり、口はにっこりして、まるで景色がぱっとひらけたみたいになっている。

「正しくは、カカオとして知られてるの。もちろん、これがなきゃ、チョコレートはなくなってしまうわ。ちなみに、知ってる？　カカオの学名はギリシャ語のテオブロマで、これは〝神さまの食べ物〟って意味なのよ。すてきじゃない？　テ・オ・ブ・ロ・マ……」

先生はそのことばがチョコレートでできているみたいに、一音一音を口のなかでころがした。

ルルはフレンチーと目があうと、「やったね！」とばかりに親指を立ててみせた。

「それから、コートジボワールからはダイヤモンドも入ってくるのよ！」

とパイ先生が宣言《せんげん》した。声がどんどん大きくなっていく。先生が左手をあげ、婚約指輪《こんやくゆびわ》のきらめく石を見せつけた。

「わたしもここにひとつもってるの。これが何年前にできたものか、だれか当てられる？」

何人かが手をあげた。

「百万年前？」とひとりがいう。

パイ先生が首をふり、

「いいえ。あなたはどう？」

と、ガリンダ・グドヴィッツァを指さした。ガリンダは、友だちからはグリニーと呼《よ》ばれている。

「ええと、およそ三十億《おく》年前だと思いますけど」グリニーが落ちついた声でいった。

「よくできました！　三十億《おく》年よ、想像《そうぞう》してみて！　地球の年齢《ねんれい》の、三分の二なの」

「すごい！」フレンチーがうっとりしながら聞きいっている。

「なにかを知るっていうのは、とってもワクワクすることがあるのよ！」

そういって先生は片方《かたほう》のこぶしをつきあげた。まるでその手の中に、どこからともなくあらわれたスリル満点のなにかをにぎっているみたいだ。先生は地理への情熱《じょうねつ》で顔を赤くそめながら、テーマを熱帯雨林にうつして、ルルの想像《そうぞう》をこえるほどおもしろい話をつづけた。残りの三十分は、またたくまにすぎさった。

「さあて、今日やったことはみんな、来週の授業《じゅぎょう》の最後にテストしますから」

最後に先生がいった。

「ここにいるガリンダみたいに、みんながちゃんと話を聞いているかどうか、いちおうね！」

「すごくおもしろかったね！」つぎの教室にむかうとちゅう、グリニーが大声でいった。

「ねえ、へんな話なんだけど、まちがいないと思うんだ。つまんなかった先生たちがみんな、どんどんおもしろくなってるの。気づいてた？　もしかしたら、なにかの新しい訓練受けてるのかもね。〝キャラクター大変身講座《だいへんしんこうざ》〟みたいな」

「うーん、かもね」そういってルルはフレンチーのほうに、イミシンな笑顔をむけた。

「ところでグリニー、メガネはどうしたの？」

グリニーの顔がぱっとかがやいた。

「そうだ、いおうと思ってたんだ――すごいの！　土曜にメガネ屋さんに行ったんだけど、なんていわれたと思う？　もうメガネは必要ないって！」

ルルは足をゆるめた。

「ほんとに？」

「うん。メガネ屋さんも、こんなのはじめてだって！　それに……そうだ、今気づいた！」

「なに？」

「ほら、このあいだくれた、あの頭痛《ずつう》にきくドリンクあるでしょ？」

「やだ、あれは関係ないよ」

ルルはうそをいって首を横にふった。でもほんとうは、『アップル・スター』のレシピにあった〝視力《しりょく》バッチリ・シェイク〟がきいたんだってわかって、ひそかにうれしかった。

グリニーには頭痛《ずつう》にきくなんていってあるけど……。

グリニーはいじめっ子のジーナ・レモンの軍団《ぐんだん》に目のかたきにされていて、メガネをかけるようになってからは、いじめがますますひどくなっていた。でもその問題を、あたしが解決《かいけつ》できたんだ！　ルルはホクホク気分だった。だってもちろん、メガネがいらなくなるってことがいちばんのねらいだったから。これでジーナたちも、いじめの標的をほかにうつしてくれるはず。

ところがそんなことを思ったとたん、角を曲がると、ジーナと出くわした。いっしょに、ジーナのいちばんの相ぼう、アンズタケ・マッシュルームと、子分のキャラとメルもいる。四人は巨大《きょだい》なガードマンみたいに廊下《ろうか》に立ちはだかって、前をふさいでいた。

「おっと、点とり虫のお出ましだ」

グリニーにむかって軽べつしたみたいに口を曲げて、ジーナがつっけんどんにいった。

ルルの甘《あま》い考えがはじけてとんだ。この軍団《ぐんだん》がグリニーを嫌《きら》っているのは、彼女《かのじょ》が頭がいいからでもあるってことを、忘《わす》れてた……。

ルルは軍団《ぐんだん》のことを、スイーツにたとえたら、かんだら歯がおれそうな〝凶器《きょうき》のあめ玉〟

だと思っている。そのあめ玉たちがこっちをにらみつけた。四人のヘルメットみたいな髪《かみ》と輪っかのイヤリングが、ギラリと光っている。

「『あら、先生、およそ三十億年前じゃありません?』」

アンズタケ・マッシュルームがグリニーの口まねをした。

ルルはため息をついた。

「そこ、どいてくれない?」

ジーナが少しだけドアをおしあける。

「なら、行きなよ。あたしたちはこっちのゴマすり女に話があんだから」

「だったら、あたしたち三人に話せばいいじゃない」

フレンチーが腕組《うでぐ》みしながらぴしゃっといった。

「話ってなによ?」

「お、おー!」軍団《ぐんだん》の四人が合唱するように声をあげた。

「あたしたちすわぁんにんに、だって! おー、こわっ!」

と、ばかにしたようにアンズタケ。

「ちびりそう!」とジーナがにやついた。

「さあて、いそがないと。めんどうなことにはなりたくないもんね！」

そういってアンズタケといっしょにスイングドアの中に入り、ルルたち三人に通りなよとでもいうように、ドアを手でおさえた。キャラとメルがわきによけた――するとルルは、なにが起きるのか気づく前に、いつのまにか前におしだされ、そこに、ドアが顔をめがけてもどってきた。イタッ！　ルルは悲鳴をあげて、うしろによろけた。ジーナたちが高笑いしながら、コンクリートブロックみたいな厚底靴《あつぞこぐつ》でドカドカと音をたてて廊下《ろうか》を歩いていくのが聞こえる。

フレンチーが大の字に床《ゆか》にたおれ、その横ではグリニーが鼻血を出していた。

「グリニー！　だいじょうぶ？」と、フレンチーがティッシュをさしだした。

ルルははらわたが煮《に》えくりかえっていた。

「もうっ、ぜったい仕返ししてやる！」

「できっこないよ」とグリニーがいった。

早くもティッシュがまっ赤な血にそまり、目は涙《なみだ》でうるうるしている。

「だって、どうするっていうの？　わたしとうちの親だって、なにもしなかったわけじゃないんだよ。もうほんと、こんなとこ、うんざり」

フレンチーが彼女《かのじょ》の体に腕《うで》をまわした。

「やだ、そんなこといわないで！」

「ほんとだもん――ふたりは半分もわかってないんだよ！　あの子たちが年中ズル休みしてたときはまだよかったけど、学校のとりしまりがきびしくなってからは、よけいにひどくなってるんだから！」

パイ先生が小走りにこっちにむかってくる。

グリニーがちらっと目を走らせ、

「どうしよう」と、か細い声をあげた。

「ねえ、なにもいわないで、いい？　先生に知られたら、よけいたいへんなことになるだけだから」

「まあ、ガリンダ、だいじょうぶ？」

パイ先生がはっと息をのみ、新しいティッシュをさしだした。そしてため息をついて、こしに手をあてた。

「ジーナ・レモンがやったの？」

「ちがいます、先生。ただのアクシデントです！」

パイ先生がルルとフレンチーのほうをむく。

「ほんとに？」

ルルはほんとうのことをいいたくてたまらなかった。でもグリニーのいうとおりだ。いいつけたりしたら、パイ先生はジーナたちに居残《いのこ》りを命じるだろう。そしたらだれがそのツケを払《はら》う？　告げ口したグリニー、それしかない。

そんなの、ダメ。もっといい方法があるはず……。

「どうなの？」先生が答えをうながした。

「ほんとです」ルルはこたえた。

さっきまでの意気ようようとした気持ちは、線香花火《せんこうはなび》みたいにぽとんと落ちて消えた。

「ただの、アクシデントです」

第五章　怪力《かいりき》マフィン

「けど、あたし本気だからね！」

ルルはフレンチーといっしょに校門にむかいながら、けんかごしに宣言《せんげん》した。

「あのジーナと軍団《ぐんだん》は、仕返しされて当然なんだよ」

「わかってる」フレンチーが相づちを打ちながら風船ガムをふたつとりだし、ひとつをルルにさしだした。

「でも、あのマフィンは大失敗だったんだよね？」

ルルは顔をしかめた。

「うん、まあ……」

これまで、つくったレシピがぜんぶうまくいったわけじゃない。学期のはじめ、ルルは、グリニーが身を守るのに役に立てばと、力を劇的《げきてき》にアップさせる〝怪力《かいりき》マフィン〟をあげたことがある。あいにくそのときは、マフィンを食べても、ものすごい怪力《かいりき》になるだけで、戦う気持ちにはならないってことに気づかなかった。けっきょくグリニーは前と同じで、なにもいわずにいじめにたえるだけ。そのあげく、スーパーウーマンなみの怪力《かいりき》のせいで、異常《いじょう》なこと（机《つくえ》をひっくり返す、トイレのドアをむしりとる、図書室の本棚《ほんだな》をぶったおす）をたてつづけにやらかしたあげく、居残《いのこ》りをさせられるはめになった。かわいそうに、本人はまるでわけがわからずじまいだった。

「うーん、なんか別の方法でやらなきゃ……」

ルルはガムをかみながら考えこんだ。そのとき、一台のバスが前を通りかかった。『ファッション・ポリス』の広告で飾《かざ》られたバス。トレードマークのハンチング帽《ぼう》と、ミラーサングラスをつけたヴァラミンタが、ふわふわのピンクのカバーをかけたティーポットをもちあげている。

〈ダサイって犯罪《はんざい》よ！〉白い大きな決めゼリフのあとに、〈ファッション・ポリス：毎週木曜午後八時。犯罪に見あったおしおきをくだすわ〉とつづいている。

ルルはまた、ヴァラミンタの映像《えいぞう》と対面するたびにおそわれる、あの、おなかの中をぎゅっとねじられるみたいな感覚におそわれた。なんで今さらあの人のことで、いちいちこんな思いしなきゃいけないの？　少しのあいだルルは、ジーナたちのことをすっかり忘《わす》れてしまった。そして、トレーナーのすそをぎゅっとねじりながら、小さくぐすっと泣いた。

でも、バスが行きすぎるのを見ながらひとつ深呼吸《しんこきゅう》すると、おなかの中のこわばりはすーっと消えていった。するとたちまちまた、なにかスイーツをつくらなきゃって気がしてくる。これがパターンになりつつあるのは、自分でも気づいていた。こわばりのあとにはきまって、このへんなあせりがやってくる。なにかが、おかしい……。

でも、フレンチーはそんなことには気づいていない。

「ねえ、あれだよ！」

とかん高い声をあげると、その場でルルをうしろにぱっと引きもどした。

「〝犯罪《はんざい》に見あったおしおきをくだす〟ってやつ。グリニーに食べさせるスイーツじゃなくて……ジーナたちに食べさせるのをつくるんだよ！」

「え、あの子たちみんなに？」

一瞬《いっしゅん》フレンチーが間《ま》をおいた。

「ううん。ジーナとアンズタケだけ。あとはただの子分だもん。さあて、なにがいいかな？」

「そんなことより……どうやって食べさせるの？」

ルルは、ジーナ・レモンの前まで行って、

「ハーイ、これ、あなたのために焼いたケーキなの！」

と自分がいっている姿《すがた》を想像《そうぞう》しようとした。そんなの、ありえない。

「うーん、いいたいことはわかる」とフレンチー。

ふたりは少しのあいだ考えこんだ。

とつぜん、フレンチーがガムを大きくふくらませた。パチン、と風船がはじける。

「ひらめいた！　あれだよ。あの〝キャラクター大変身講座《だいへんしんこうざ》〟ってやつ。あの子たちに仕返し、してやろうよ！」

ルルは眉《まゆ》を寄《よ》せた。

「けど、どうするの？」

「ルー、ジーナ・レモンにとっていちばん恥《は》ずかしいことってなに？」

「うーん……」

「質問《しつもん》にみんなこたえちゃうのが、あの子だったらどうなる？　自分で自分を止められなくなるの。ミラクル・クッキーを食べさせたときのトーキルみたいに！」

「けどそれって、そもそも答えがわかってなきゃダメじゃん」とルルが指摘《してき》する。

「そのとおり！」

「じゃあ、あの子をおりこうにする物を食べさせるってこと?」

「そう。頭がよくってガリ勉になればなるほどいいってこと!」

それでジーナにどんな効果《こうか》があるかと想像《そうぞう》するうち、ルルの顔に満面の笑みが広がった。

『アップル・スター』には頭をよくするレシピもあるはず。

「わあ、フレンチー、すごいアイディア! フレンチーがいてくれて、ほんとよかった!」


「……それでグリニーは『ただのアクシデントです』っていったの」とルル。

「まあ、かわいそうなグリニー」

いっしょに車に乗りこみながら、アイリーンが元気ない声でいった。

ルルは、アイリーンがもっとなにかいってくれるのを待ったが、彼女《かのじょ》はだまって車を出しただけだった。こんなの、ちっともアイリーンらしくない。

いつもの「わたしにいわせてもらえばね」っていうのは?

「わたしが学生のころはね」っていうのはどうしたの?

ふだんのアイリーンなら、ジーナ・レモンの話をしたら、山ほど返してくれるのに。

ルルはアイリーンの顔をのぞきこんだ。

「だいじょうぶ？」

「え？　ああ……ええ、元気よ」

でもアイリーンは、家に着くまでのあいだ、それ以上は口をきかなかった。ルルもとほうにくれて、なにをいっていいのかわからなかった。

「じゃあ、わたしはごはんのしたく、しちゃうわね」

家に着くと、アイリーンがちんもくをやぶっていった。

「ソーセージだけど、いい？」

「うん」とこたえてルルは、キッチンへと消えていくアイリーンの背中《せなか》をじっと見つめた。

あたしがなんかいっちゃったのかな……？

ただでさえ、アイリーンを少し遠く感じているところだった。おとといの土曜はいつもの陽気なアイリーンだったのに、日曜はほとんど家にいなくて、がっかりだった。おまけに夕方になっても、疲《つか》れてるって部屋に閉《と》じこもったまま、かまってくれなかったし。なにがディスコ・パーティーよ、なにが真夜中の宴会《えんかい》よ。いっしょにしようっていったのに。

ルルはみじめな気分だった。

でもパパに不満をうったえても、肩《かた》をすくめてこういわれただけだった。

「そりゃ、まったく当然さ。彼女《かのじょ》には彼女《かのじょ》の生活ってもんがあるんだし、ここには、つぎのアパートが見つかるまで住むだけなんだから。いいか、ヌードル、ちょっとくらいプライバシーをほしがったからって、アイリーンがこれまでよりおまえを好きじゃないなんてことにはならないんだぞ」

ルルはため息をついて、二階にあがった。客間——今はアイリーンの部屋——の外で足を止めたけど、ドアはぴったり閉《と》じている。ダメ、ぜったいダメ。ルルは無理やりドアの前を通りすぎ、自分の部屋に入った。

バックパックの中身を出しはじめたものの、アイリーンのことが頭からはなれない。じっと考えごとをするときによくするように、ベッドわきのテーブルにのったママの写真を見つめた。ルルのお気に入り、〈泥《どろ》だらけの長ぐつをはいたママ〉の写真だ。今では、前みたいにママの写真にむかって話しかけたりはしないけど、やっぱりときどきこんなふうに助けを求めるときがある。

昨日、なにかいやなことでもあったのかな——アイリーンが話せないって思うようななにかが。じゃなきゃ、ボーイフレンドがいないから落ちこんでて、とうとう平気な顔をしていられなくなったとか……。

ルルは、古くなった百科事典《ひゃっかじてん》をくりぬいたかくし場所から、『アップル・スター』をとりだした。なにか答えが見つかるかもしれない。〈性格《せいかく》の問題〉の章のまえがきを見てみた。

この章のレシピは、慎重《しんちょう》に考えてから使うことが大切なの。自分の胸《むね》に問いかけてみて。この人はどうしてこんなふうにふるまっているんだろうって。たとえば、もしだれかが落ちこんでいたとしても、チアガール・パイみたいな、幸せな気分にするものをその人にあげるのは、いちばんの解決《かいけつ》方法ではないかもしれない。なぜその人が落ちこんでいるのか、自分に問いかけて。そうすれば、そっちの問題を解決《かいけつ》するほうがいいってことがわかるかもしれない……。

けど、アイリーンがどうしてあんなふうになったかなんて、あたしにはわかんないもん！　ルルはイライラしながら心の中でさけんだ。ひとつだけ手がある……。やっぱり部屋をのぞいてみるしかない。

できるだけそっと客間《きゃくま》のドアをあけた。整とんはされているけど物をつめこみすぎの客間は、今では、いかにもアイリーンっぽいにおいに満ちていた。ヘアムースや化粧品《けしょうひん》のクリームのにおい。マネキンのドリーが、コート二着の重みでルルのほうにかたむき、青いまつげの下から非難《ひなん》がましい目でこっちを見ている。ルルは顔をしかめると、うしろめたさにそそくさと前を通りすぎ、ドレッサーにむかった。

上には、つみあげた本と書類がのっている。不動産屋の物件《ぶっけん》リストと手紙が数通。その手紙（どれもこれも退屈《たいくつ》な通知のたぐい）の中に、去年アイリーンが心理学のコースでとった学位証明書《がくいしょうめいしょ》があった。学位をなにに使うのかって前にたずねたことがあるけど、アイリーンははっきりとは決めていないようだった。

ふと、ルルの目がクズかごに引きよせられた。くしゃくしゃにまるめた紙が二枚入っている。手をのばし、中の紙をひろいあげた。一枚《いちまい》は新聞の切《き》りぬき……ルルはドキッとした。切《き》りぬきが先生になるための教育実習生の募集広告《ぼしゅうこうこく》とわかったからだ。しかも、アイリーンが書いた応募《おうぼ》の手紙もそえられている。なによりも、心理学のコースのことを書いた手紙が。

ルルはその場に立ちつくして、くしゃくしゃの紙を見つめながら、なにが起きているの

か、整理しようとした。アイリーンはほかの仕事をさがさなきゃって思ってた。でもとちゅうで気が変わったみたい。……これって、ショックなこと？　それともほっとすること？

ルルはもくもくとソーセージを食べた。頭の中にはききたいことがいっぱいつまっているのに、なにもきくことができない。だってほんとうは、就職《しゅうしょく》の申《もう》し込《こ》みのことなんか知ってちゃいけないはずだから。心の中にぽっかり大きな空洞《くうどう》ができたような気がする。あの冷たくて陰険《いんけん》なグロドミラがお手伝いさんだったころ、彼女《かのじょ》のそばで感じていたさびしさがよみがえる。

「アイリーンも……食べるでしょ？」ようやくルルはそれだけいった。

いつもならルルといっしょに夕食を食べるのに、アイリーンは今、せっせとかたづけをしている。

「ああ、それほどおなかすいてないのよ。あとでちょっと食べるかもしれない」

と返事が返ってくる。ルルはフォークをおいた。

「アイリーン、なんかあたしに怒《おこ》ってないよね？」

アイリーンが目をぱちくりした。

「ルーに怒ってる？　なんでわたしが？」

「わかんないけど、すごく……無口なんだもん！　すっごく落ちこんでるみたい」

アイリーンがナイフとフォークをしまってテーブルにやってきた。

「まあ、ルー、ごめんね。うじうじなさけなくしてるつもりなんてないのよ。ただ、今はアパートさがしにちょっと気をとられちゃってるの、それだけ」

そういってかすかに明るくほほえんで、ルルの髪《かみ》をくしゃくしゃにした。

「それに……なんていうか……」

「なに？」

「やっぱり、ちょっとずうずうしかったかなって気がしてるの。ここにまたおしかけてきちゃって。ルルのお父さんはすごく親切にしてくれてるけど――」

「ちっともずうずうしくなんかないよ！」ルルはいいはった。

「パパは賛成《さんせい》してるし、あたしはアイリーンがいてくれてすっごくうれしいの。ただ……」

「ただ、なに？」

「アイリーンがもうちょっといっしょにいてくれたらなって」

「あら、だいじょうぶ……そのうち……ほら、すぐよ、わかった？　いろいろもっと……」

最後までいいきらないうちに、ことばはとぎれた。そしてルルは、これまで一度も見たことのないアイリーンの姿《すがた》を見てしまった。見まちがいじゃない。さっと顔をそむけたアイリーンは、たしかにほおの涙《なみだ》をぬぐっていた。

第六章　ひそやかブラウニー

「マイケル、おら、やめる！」庭師《にわし》のコスタスが両腕《りょううで》をふりまわしながらわめいた。

「こんな植物、見たことねえ。頭さ、おかしくなる！」

「コスタス、たのむから――」パパがいった。

ルルは、ぷりぷり怒《おこ》ったコスタスの横を目につかないようにこそこそ通りすぎ、ジュースをとりに冷蔵庫《れいぞうこ》にむかった。もう金曜の午後なのに、今週はアイリーンのことや、グリニーのことにすっかり気をとられていて、ひそやかブラウニーのレシピに使う、ヌキアシサシアシ・クリロウの根を切りとるのをすっかり忘《わす》れていた。今夜こそ、ぜったいやらなきゃ。ルルはそう自分にいい聞かせた。コスタスを少しはなだめるために、できることはなんでもやらないと……。

「もう無理！」とコスタスがつづけている。

「マイケル、おら、年寄《としよ》り。もう限界《げんかい》。おらの若《わか》いころ、植物はただの植物だった。でもここ、どう？　今じゃ新種のモダンなもんばっかで、そこらじゅうでジャンプしたり、耳もとでワーワーワーワーいったり……だれのせい、知ってる？」

「コスタス――」

「テレビに出てる庭師《にわし》、みんな、あいつら悪い！　チッ！　なんでもかんでもへんなカラクリつけて、あいつら、ほんものの庭づくりってのを、なんもわかっちゃいねえ！」

ルルはまたこそこそとテーブルにもどって、ジュースをそそいだ。もししっぽがあったら、今ごろまちがいなくそのしっぽを巻《ま》いて、おじけづいているところだ。なにもかも自分のせいだから。

「マイケル、なんもかんも銭《ぜに》さ！　あいつらが大事なのはこれ見よがしにぴちぴちのジーンズはいて、銭《ぜに》をたんまりもうけることだけ……そりゃなんだ？」

「わりましの十ポンドだよ」といいながらパパがお金をさしだした。

「おらに？」

「そうさ、コスタス」

コスタスがだまりこんだ。お金を見て、つぎにルルのパパを見た。

「毎週か？」

「毎週」

コスタスはお金をポケットに入れ、パパの背中《せなか》をぽんぽんとたたいた。

「マイケル、あんたいい人。おらの友だち。銭《ぜに》の話したとき、おら、べつに――」

パパは手をふってコスタスをさえぎった。

「いいんだ、コスタス。ぼくらはきみにいてほしいんだから、な、ルル？」

「もちろん！」とルルも調子をあわせた。

どれだけいてほしいと思っているか、パパたちにはわかんないくらいだよ。あたしのおかしな植物たちのことは、知ってる人が少ないほどいいんだもん。

パパはコスタスのあとにくっついて庭に出ると、少しのあいだ彼《かれ》とおしゃべりして、また裏口《うらぐち》からもどってきた。

「ねえ、パパ？　明日の午後、フレンチーと出かけてもいい？　学校の美術《びじゅつ》の課題があって、フレンチーのお父さんが油絵の具の使い方おしえてくれるっていうから」

「ほんとに？　そりゃ親切だな」

「えっと、どうせフレンチーにはおしえるつもりだったから、あたしがいっしょに行ってもいいっていってくれたの」ルルは本当のねらいをパパに気づかれないように、どんどん話をつづけた。

「場所はハックニーのアトリエ。おじさん、もうフレンチーやママのとこに引《ひ》っ越《こ》してきてるんだけど、仕事は今もむこうでやってるみたいなんだ」

「ああ、なるほど。そういえば、そんなこといってたな。なら、だめなわけないさ。ただ、よごれてもいいかっこうで行きなさい。さてと、パパはしばらく書斎《しょさい》に行ってるよ。そのあとふたりでごはんにしよう。いいか、ヌードル？」

「よかった！」ルルはにんまりと笑った。

順調《じゅんちょう》、順調《じゅんちょう》……。じつは、今の美術《びじゅつ》の課題って話は、フレンチーとふたりで考えた作り話だ。本当の目的は、カサンドラのところに行くこと。絵のレッスンのあと、おじさんには買い物に行くといって、アトリエから歩いてカサンドラのところに行くつもりだった。

さあて、いそがしい週末が待ってるぞ……。いっぱいお料理しなきゃならないし。ひそやかブラウニーは今夜のうちにつくろう。なにしろ、明日カサンドラと会ったら、そのあとつくらなきゃならないものがまだふたつある。ジーナとアンズタケに食べさせるレシピ……それにたぶん、アイリーンに食べさせるスイーツも。

ルルはため息をついて考えた。ほんとにあたしはアイリーンを助けたいんだろうか？

『アップル・スター』に書いてあったとおり、アイリーンが悲しんでいる原因《げんいん》をさがしてみた。そして、その答えを見つけたと思う。でもおかげで、自分をつらい立場に追いこんでしまった。だって、もしアンブローシア・メイの指示《しじ》にしたがえば、あたしはアイリーンが夢《ゆめ》を追うのを手伝うことになる――けど、そんなことしたら、あたしはアイリーンを失うってことだ。でも、アイリーンはどう見ても幸せじゃないのに、このままただほっとくなんてこともできないと思う。みとめたくはないけど、アイリーンならすばらしい先生になるってわかってる。すごく上手にルルの宿題を手伝ってくれるし、パイ先生なんかよりずっと説明がうまい。そもそもアイリーンを陽気にするのに、さかさまケーキが必要だなんて、考えられない。あんな才能《さいのう》のある人が朝から晩《ばん》までお手伝いさんなんて、どうしてつづけたいって思うだろう?

とにかく、今はひそやかブラウニーにとりかかったほうがいい。そうすれば、もしかしたら、いろんなことを忘《わす》れられるかもしれない。裏口《うらぐち》のドアをあけると、スシがテッポウ・カボチャの前を、しのび足で用心深く通りすぎていくのが見えた。液体《えきたい》をかけられるのをおそれて、近づかないようにしている。「ネコのように好奇心《こうきしん》が強すぎると、ひどい目にあう」ってことわざが、ルルの頭にふっと浮《う》かんだ。こんなことになったのはみんな、あたしがこそこそかぎまわったりしたせい、自業自得《じごうじとく》だ。

目の前の仕事にとりかかろうとかくごを決め、キッチンナイフをもって庭に出ると、ヌキアシサシアシ・クリロウのところに行った。となりにひざまずき、クリロウをしっかりにぎりしめて、地面から引きぬいた。

「ごめんね」と声をかけ、ナイフをあてる。

そして、ぎゅっと目をつぶり、根っこを切りとった。クリロウは不満の声も泣き声もあげない。完全にだまったままだ。それにひきかえルルは、とてつもなく大きな声をあげた。片目《かため》をあけて、下を見る。すると、クリロウはなにごともなかったように体勢《たいせい》を立てなおすと、快適《かいてき》そうな日陰《ひかげ》をめざして、陽気にぴょんぴょんはねていく。まるで毛を刈《か》られたばかりの子羊みたいに。ルルの声が笑い声に変わった。

「バブバブ、ウードル、ハ、ハ、ハ」イズモの木がいった。

「バブバブ・ウードル！」とルルはまねしていい返す。

そしてヌキアシサシアシ・クリロウの根をもって、家の中にむかった。

第七章　エジプトの香《かお》り

私道《しどう》にカサンドラのロンドン・タクシーを見つけると、ルルの心臓《しんぞう》は、小さくドキンと打った。外側はごくふつうだけど、中はおしゃれな青いベルベット、クッキーを入れておく特別な入れ物のついたこのタクシーは、ほかのどんなタクシーともまるでちがう。家も、外は一見ふつうに見える……。ドアについた、あのエジプトのファラオの顔のノッカーは別にして。ルルは前に進みでて、ファラオの太くて短い真ちゅうのあごひげをもちあげ、ノックした。この家に来るのは、一年半ぶりになる。フレンチーといっしょにはじめてここでカサンドラに会ったあの夜が、今では大昔のことみたいだ。

カサンドラを待っていると、ルルとフレンチーは、窓《まど》わくにすわる、つやつやの茶色いネコと、いつのまにかはげしいにらめっこをしていた。数秒後、予想どおりファラオのまぶたが開き、ふたつの黒い目がのぞいた。それをものともしないで、ルルはにっこり笑った。

「こんにちは、カサンドラ！」

今回は合いことばをいう必要もない。

「ああ！」キャラメルのような甘《あま》い声が、中から聞こえた。

ファラオの目が閉《と》じ、ドアが開くと、カサンドラがあらわれた。前のとはちがうけど、お気に入りのうねるような紫《むらさき》のローブを着ている。頭に巻《ま》いたまっ赤なスカーフのはしが左の肩《かた》にふわりとたれ、耳にはいつものあの、ターコイズと琥珀《こはく》のイヤリングがゆれている。

「こんにちは、ルル！　それに……フレンチーだったね？」

「はい」とフレンチーがこたえ、

「でも、あたしは廊下《ろうか》で待っててもかまいません」とあわててつけくわえた。

自分がほんとうはこの『アップル・スター』のことに首をつっこむべきじゃないって、ちゃんと知っているからだ。

「あたしたち、いっしょに来なきゃならなかったから。それだけなんです」

「わかったよ」とカサンドラ。

「でも、もちろん、いっしょにお茶を飲まなきゃ。さあ、おいで！」

大きくて暗い部屋の入り口をまたぐと、まるで別世界へと入っていくような気持ちになる。エジプトのアート。奥《おく》の壁《かべ》ぎわにずらりとならんだ、風変わりな材料のピリッとした香《かお》り。ここには前にも来ているけど、そのくらくらするような組みあわせに、ルルはあらためておどろき、そして感激《かんげき》した。部屋は夜のように暗く、昼の光は最後のひとすじまで重いカーテンで遮断《しゃだん》されているけれど、ちらちらとまたたく、ろうそくのあたたかな炎《ほのお》でかがやいている。カサンドラに案内されて中に入ると、ふたりは大きくてふかふかのベルベットのソファに体をしずめた。

「外にいたのはカサンドラのネコ？」

ときときながら、ルルはバッグから『アップル・スター』をとりだし、ひざにのせた。

「ああ、そう、ラムセスだよ」ふたりの横にすわってカサンドラがいった。

「あの子に会ったこと、なかったかい？」

「はい」とルル。

「でも、あの子はあんたに会ってるはずだよ。この前ここに来たとき、あんたをチェックしただろうからね。たぶん暗くて、あんたは気づかなかったのさ。さてルル、身近なだれかのことで胸《むね》を痛《いた》めてるんだね、ちがうかい？」

「えっと、まあ……」とルルは自信なさげにいった。アイリーンを助けるためにじっさいになにかしようってなると、ほんとうに自分がそうしたいのかどうか、また本気でわからなくなってきた。

「アイリーンなんです」フレンチーが横からいった。

「ああ、アイリーン……うーん……あのオーストラリア人だね」

とカサンドラが指先で唇《くちびる》をたたいた。

「よくおぼえてるよ。かわいくて――生き生きした子だね！　元気がよくって！　彼女《かのじょ》は今、人生の岐路《きろ》に立ってるんだよ」

ルルは目をぱちくりした。カサンドラがなんでもお見通しなのはわかっていても、こんなふうに彼女《かのじょ》の口からことばがとびだすと、いつも面くらってしまう。

「えっと、はい、そうもいえると思うけど――」

「かき乱《みだ》される心！」カサンドラが芝居《しばい》がかった口調でつづけながら、両腕《りょううで》でさっと体を抱《だ》きしめると、耳もとでイヤリングがゆれた。

「引きさかれる胸《むね》の痛《いた》み！　彼女《かのじょ》はどうするべきか？　前に進まなきゃだめさ……ぜったいに！　さもないと、しおれた花みたいに、魂《たましい》が死んでしまう！」

そこでカサンドラは指をパチンとはじいた。

「それで、本は？」

「ああ……えっと、はい」ルルはしぶしぶ『アップル・スター』を手わたした。ごくりとのどを鳴らす。急に、ものすごく心細くなってきた。アイリーンが〝前に進む〟ってことは、答えはひとつ——うちを出ていくってことだ。

「じゃあ、えっと、もしなにか専門的《せんもんてき》な……仕事につくチャンスがあったとしたら？」

「もちろん、チャンスをつかまなくちゃ！」といってカサンドラがページをめくっていく。

ルルは目の前におかれた真ちゅうの丸テーブルの模様《もよう》を見つめながら、すっかり気持ちがへこんでいた。

「じつは、アイリーンはもうだいじょうぶだと思うの、ほんとに」

とつぜんルルはきっぱりいった。フレンチーとカサンドラがルルをまじまじと見つめる。

「ううん、うそじゃない。今思いだしたの。アイリーン、もうゆうべはだいじょうぶだったって。かなり元気になってたし。だから話しあうなら、もっと別の……」

カサンドラのするどい視線《しせん》が気になってルルはそこで口をつぐんだ。そして目をふせた。

「……レシピのことを……エヘン——」

「でも、ルー……」フレンチーがさえぎった。

ルルはテーブルの下でそっとフレンチーの足をけった。

「ほら、学校にいじめっ子たちがいるの、だから――」

「ルル」すぐさまカサンドラがやさしく、でもきっぱりした口調で、ルルをだまらせた。

「あたしをだましたりできないって知ってるはずだし、そんなことしないでもらえるとありがたいね」

ルルは、涙《なみだ》がこみあげるのを感じた。

「ルル、あんたの気持ちはわかるよ」カサンドラが少し口調をやわらげる。

「アイリーンは心からあんたを大事に思ってる。だけど、そろそろ世界を広げるときみたいだよ」

「あたしもいったよね、ルー？」と、さとすようにフレンチーがいった。アイリーンのことは今週ずっと、ふたりで話しあってきた。

ルルはうなだれて涙《なみだ》をぬぐった。

テーブルに『アップル・スター』をおいて、カサンドラが立ちあがった。

「ルル、あんたは今、とっても大切な教訓《きょうくん》を学ぼうとしてるんだと思うよ。自分がよければいいって考えで人生を送るのか……それとも、人を助けてあげられるのか」

「でも、あたしはもう人を助けたもん！」ルルはムキになって大声をあげた。

「うん、たしかに」フレンチーがはげしくうなずいた。自分もルルに助けられたひとりだからだ。

カサンドラの顔に影《かげ》がよぎった。

「おお、ルル！」それだけいって、少しのあいだ彼女《かのじょ》がだまりこむ。こみあげる感情《かんじょう》にわれを忘《わす》れているようだ。そして、

「助けたくても助けられないってのが、どんな気持ちか、あんたにはわからないのさ！」とつづけると、とつぜん怒《おこ》ったように両手をあげ、こぶしをふりまわした。

ルルは、カサンドラがとつぜん感情《かんじょう》を爆発《ばくはつ》させたことにギョッとして、目を大きく見開いた。

カサンドラが深呼吸《しんこきゅう》してテーブルにもたれ、ルルの目をまともにのぞきこむ。

「忘《わす》れちゃいけないよ。あんたには特別な才能《さいのう》があるんだ。そしてその才能《さいのう》を、上手に使うって誓《ちか》ったはずだよ。自分が犠牲《ぎせい》をはらってはじめて、ほんとの意味で人を助けるってことになるんだよ。さあルル、良心に問いかけてごらん」

そしてふたたび『アップル・スター』を手にとると、ルルにさしだした。

「これが、あたしがすすめるレシピだよ」

ルルは本を受けとった。

カサンドラがもう一度深呼吸《しんこきゅう》する。気を落ちつけようとするかのように、鼻から吸《す》って、口から吐《は》いて。そして、

「さ、お茶にしよう」とついに話題を変えると、

「お茶、お茶、お茶……」といいながら、ふわふわと部屋を出ていった。

ルルは開いたページのレシピを見た。

『ウィッシュ・チョコレート』……。

第八章　死者の心臓《しんぞう》

「ひえ～、どうしちゃったの、彼女《かのじょ》？」フレンチーがひそひそ声でいった。

「ルー、悪いけど、もしよく知らなかったら、カサンドラのこと、ちょっと〝いっちゃってる〟って思っちゃうとこだよ」

ルルはページをにらみつけていた。涙《なみだ》で文字がぼやけて見える。

「ちがう。カサンドラは、いっちゃってなんかない……。けど、今、気づいた。あたしは彼女《かのじょ》のことなんにも知らないんだって。あたしたち、このレシピのこととか、あの植物のこと以外、なんにも話すチャンスがなかったから。いっつもこんなふうに、あわただしくこっそり会うばっかりだし、あたしは見つかるんじゃないかってビクビクしてるし」

「なら、今がそのチャンスなんじゃない？　たぶんお茶を飲みながら、もっと聞けるよ。まあ、いつものカサンドラにもどってたら、だけど。で、そのレシピはなに？」

ルルは読みあげた。

ウィッシュ・チョコレート

夢をかなえる――このチョコレート・コーティングされたスイーツは、食べた人の自信とやる気を高めることで、目標の達成を手助けする。とくに、マンネリの毎日の中でどこにも行きようがないと感じている人にききめがある。

「なによ！　マンネリって？」ルルは不機嫌《ふきげん》にいった。こんなのってひどい。まるであたしのことなんか、どうでもいいっていわれてるみたい。

「ルー」フレンチーがルルの腕《うで》に手をのばした。

「アイリーンのことが好きなの？　好きじゃないの？」

「好きにきまってる！」

「だったらアイリーンには、ルーのためにはいちばんじゃなくても、自分にとって正しいことをしてもらいたいって思うはずでしょ。それはカサンドラのいうとおりだよ」

ルルは顔をそむけると、知らず知らずに壁画《へきが》を見つめていた。大きな天秤《てんびん》の横に立つ、犬の頭をしたエジプトの神の絵だ。

「ねえ、だれもこれがかんたんだなんて思ってないよ」フレンチーがつづけた。

「こんなことといってもしかたないかもしれないけど、あたしがルーでも、やっぱりおんなじくらいつらいだろうなって思うもん」

カサンドラがお茶のグラスをカチャカチャいわせながら、トレイをもってもどってきた。さっきより落ちついているようだ。

「それ、だれだか知ってるかい？」

と、なおもエジプトの壁画《へきが》を見つめているルルに声をかけた。

「えっと、なんとなく見たことある気がするけど……」

ルルは、少しのあいだ別の話をするチャンスができて、うれしかった。

「ジャッカルの頭をした神はアヌビス」

と説明しながら、カサンドラがトレイをおろしてカップをさしだした。

「アヌビスは死者の心臓《しんぞう》の重さをはかってるんだよ。ほら、心臓《しんぞう》っていうのはね、人間が生きてるあいだにしてきた行いの記録がつまってるって考えられてたんだ。そこでアヌビスは、その死者の魂《たましい》が、オシリス神が支配《しはい》する冥界《めいかい》に入るのにふさわしいかどうかを決めるってわけさ。真実の羽と心臓《しんぞう》を天秤《てんびん》にかけて、重さがつりあえば、死者は正しいとみとめられる。でも、もし心臓《しんぞう》のほうが重ければ、それは悪行《あくぎょう》の分だけ重いってことだから、心臓《しんぞう》は死者をむさぼる怪物《かいぶつ》に食べられてしまい、魂《たましい》は二度と復活《ふっかつ》することはないんだよ」

「うっわー」とフレンチーが声をあげた。

カサンドラがほほえんだ。

「そう、わかってるよ。エジプト版《ばん》〝地獄《じごく》の責《せ》め苦《く》〟さ！　ほんとに、すばらしく詩的だと思わないかい？　それにけっきょく、人生ってのは、つねに重さをはかってどちらかを選択《せんたく》しつづけているようなもんだろ？　ここにいるあたしたちのルルが、いやってほどわかってるようにね。でもあんたならだいじょうぶ」

おだやかにそういったカサンドラの声からは、さっきのきびしさはすっかり消えていた。

「自分に時間をあげることだね」

そして彼女《かのじょ》はお茶をそそぎはじめた。カサンドラがさっきより親しげな雰囲気《ふんいき》になったことで、ルルは勇気が出たような気がした。

「カサンドラ、さっきはなんだか……えっと、なにかに怒《おこ》ってるみたいに見えたけど……」

カサンドラがせきばらいして、こしをおろした。

「ああ、ごめんよ。ただ、ときどき……話を聞く時間はあるかい？」

「はい」ルルもフレンチーも、ためらうことなく返事をした。

「あれは、あたしが今のあんたたちとたいして歳《とし》が変わらないころだった。当時、あたしは、モロッコの大西洋岸の村に住んでてね。昼も夜も休むことなく風が吹《ふ》いては、そこらじゅうに潮《しお》をまきちらして、壁《かべ》が氷砂糖《こおりざとう》みたいにキラキラ光ってるとこだったよ。ひっきりなしに吹《ふ》く風が人の頭をおかしくする、なんて人もいたね。『耳の中を風が吹《ふ》きぬけた』なんていって。あたしが自分の予知能力《よちのうりょく》を完全に自覚《じかく》するようになったのは、十二歳《さい》ぐらいのころだった、ある日とつぜん、ハヤブサ島の近くで船が難破《なんぱ》する予知夢《よちむ》を見たんだよ。そのときあたしは、いそいで港に走った。漁師《りょうし》だったおじのアリと、いとこのマーフィンに、船が危《あぶ》ないって伝えるために……」

ルルは夢中《むちゅう》になっていた。少女のカサンドラが活気にあふれたモロッコの港で、人ごみを縫《ぬ》うように進む姿《すがた》を思《おも》い描《えが》きながら、唇《くちびる》に潮《しお》の味を感じ、カモメのかん高い鳴き声が聞こえるような気さえしていた。

「あたしはふたりに、男たちを集めて島に行ってくれってうったえたんだ」

とカサンドラがつづけた。

「大惨事《だいさんじ》をさけるために手を打ってくれ……さもなきゃ、せめて、難破《なんぱ》が起きたときに乗組員を助けられるよう、港に船を準備《じゅんび》しておいてくれって。でもふたりは、頭のおかしな人間でも見るみたいにあたしを見るだけだった。知ってるかい？　ハヤブサ島は、ハヤブサしか住まないことからその名前がついたんだよ。二千年も前のいいつたえで、島は呪《のろ》われてる、岸に足をふみいれた人間はだれであろうと、ハヤブサに肉をついばまれて死ぬっていわれてたんだ。

で、マーフィンは『耳の中を風が吹《ふ》きぬけた』っていって、あたしをからかったんだよ。あたしは、ハヤブサの話なんかくだらない迷信《めいしん》だっていって、ふたりにたのみこんだ。でもまともにとりあってもらえずに、けっきょくだれも行かなかったのさ」

カサンドラは首をうなだれた。

「そしてその夜、ほんとに嵐《あらし》があって……つぎの日の朝、貨物船がハヤブサ島の近くで目撃《もくげき》されてたって知らせがあったんだ。そしてそのまま波にのまれたってね」

「そんな……」ルルの声が消えいった。

これで、カサンドラがさっき感情《かんじょう》を爆発《ばくはつ》させたのも、完全になっとくがいく。ルルと同じで、カサンドラも特別な才能《さいのう》をさずかってたんだ。でも彼女《かのじょ》がそれを使おうとしたとき、かわいそうに、なにもできなかった。そして、そのために人が死んだってことを受けいれながら、生きてこなきゃならなかったんだ……。

ルルはなんだか自分が恥《は》ずかしかった。今思えば、アイリーンを失うなんてあたしの心配は、なんてちっぽけでくだらないんだろう……。

第九章　謎《なぞ》の訪問者《ほうもんしゃ》

カサンドラがルルにわたす材料を見つけて、ちょうど包み終えようとしていたとき、外からおかしな音が聞こえてきた。遠ざかるサイレンみたいな、低い悲しげな声。

カサンドラがこおりついた。

「なに、あれ？」ルルはたずねた。

「ネコのラムセスだよ――お客が来たって意味……ありがたくないお客が。ほら、ラムセスはお客をふるいにかけるんだよ。今までその選別《せんべつ》にまちがったことは一度もない。それに……」

「それに？」

「なんだかいやな予感がする」

カサンドラの顔が、そのことばを裏《うら》づけていた。すっかり血の気を失っているように見える。

ドアベルが鳴った。ぶきみなチャイムの音に、ルルは思わずとびあがった。カサンドラがテレビのリモコンのような物を手にとる。そしてそれを、材料のつまったびんのならぶ、奥《おく》の壁《かべ》にむけた。たちまち壁《かべ》が動きだしたかと思うと、あっというまに百八十度回転し、かんぺきになにもない壁《かべ》があらわれた。次に彼女《かのじょ》がリモコンをハチミツの戸棚《とだな》と、ドアがエジプトのミイラの棺《ひつぎ》に似《に》た、異様《いよう》に大きな冷蔵庫《れいぞうこ》にむけると、どちらもにせものの壁《かべ》の中に閉《と》じこめられ、見えなくなった。

「ワオ」とルルは声をあげた。

「ルル、あんたといっしょで、あたしも秘密厳守《ひみつげんしゅ》を誓《ちか》ってるんだよ。これがあたしの偽装《ぎそう》工作《こうさく》」

ふたたびドアベルが鳴り、ラムセスがフーッと大きく不満の声をあげた。ルルの妄想《もうそう》がふくらんでいく。

「あれって……あたしを追ってきた人じゃないでしょ？」

「ちがうよ。だれかはちゃんとわかってる。さあ……こっちに」

カサンドラがルルとフレンチーを連れて階段《かいだん》をおり、地下室に入った。

「裏《うら》から出てったほうがいい……庭のはずれに、小道に通じる門があるから——さあ行って！」

ルルとフレンチーはいわれたとおり、庭にかけだした。鉛色《なまりいろ》の空の下、強くなりだした風に、落ち葉がくるくる舞《ま》っている。

「ウーホーホー！　イソゲイソゲイソゲ！」と、きみょうな声がささやいた。

「キャー！」

ルルが悲鳴をあげてフレンチーにしがみつくと、フレンチーも恐怖《きょうふ》に身がすくんでいる。

「バブバブ、クウィンディ、カルー！」

なおもたがいにしがみついたまま、ふたりは、声がどこからするのか、あたりをきょろきょろ見まわした。

「なんだ、見て！」とフレンチーが指さした。

「ただのイズモの木だよ！」

ルルは胸《むね》をぎゅっと抱《だ》きしめた。

「もう、なーんだ！　さっさと逃げよう！」

「どっちに？」フレンチーが門をさがしてあたりに視線《しせん》を走らせる。

正面に、つる植物がかけられ、まんなかがアーチ型になった格子戸《こうしど》がある。

「あそこから！」そういってルルはフレンチーを連れてアーチの下をかけぬけ、カサンドラの野菜畑に出た。畑にならんだとっぴな野菜を気にかけるまもないまま、半分草でかくれた門らしき物を見つけた。そっちへむかうようにとフレンチーをせきたてる。そしてふたりでとびだしてから、ようやくルルは、門のまわりにはえている草の正体に気づいた。

「ストップ！」と声をあげたものの、手おくれだった。

「ギャー！」フレンチーがわめいた。草をわきにおしやろうとしたとたん、その草が巻《ま》きひげをのばし、腕《うで》にからみついたからだ。

「どうしよう、それドゥムザニなの！」ルルはあえぎながらいった。

フレンチーがのがれようと腕《うで》をぐいっと引っぱると、また別の巻《ま》きひげがからみついた。

「え？　今なんて？」

「動かないで！　とにかくじっとしてて！　ちょっとでも動いたら、よけいしめつけられちゃう。それ、ドゥムザニなの。ほら、あたしがキューピッド・ケーキに使った、人に抱《だ》きつくのが大好きなやつ……青いトウモロコシに気づくべきだったのに、あたしのバカ！　ほんとにごめん……」

「じゃあ、どうやってぬけだすの？」フレンチーがかん高い声でいった。

ルルはこめかみに指をあてた。

「オーケー、考えろ、考えろ……」

暗くなりかけた空で、雷《かみなり》が鳴りはじめた。ずっしりと重い大きな雨粒《あまつぶ》が落ちはじめる。

「必要なのは解毒剤《げどくざい》……あのときのレシピは……シャーベット……」

「へえ、よかった！　じゃあ、ひとっ走りそこのお店まで行って、くださいなっていってきてよ！」

皮肉っぽくそういってフレンチーが少し腕《うで》を動かすと、また別の巻《ま》きひげにからみとられた。

「ギャー！　助けてー！」

「わかった！」

ふいにそういうと、ルルはくるっと背中《せなか》をむけ、カサンドラの畑の植物を調べはじめた。

「ひとつだけ材料を見つけられれば……」

風がうなりをあげ、それといっしょに、「そこにいるのはだれだ？」と、男の人の声が聞こえた気がした。数秒後、また別の、この世のものとは思えない声がした。

「ソコニイルノハダレダ、イソゲイソゲイソゲ！」

「ねえ、いそいで！」とフレンチーがうったえる。

ルルの心臓《しんぞう》がドキドキいっている。

「考えてる、考えてるってば！　材料に使ったのは花枯《はなが》らしの虫……ちがう、それじゃなくて……なにかの実……そうだ！　西洋ニンジンボク！」

ルルはすぐそばの低木から、見おぼえのある黒い小さな木の実をひとつかみひっつかむと、ドゥムザニの根もとにすりこみはじめた。

「ちょっとはゆるんできた気がする？」と、あせりながら小声できいてみる。

雨がはげしくたたきつけ、髪《かみ》が頭にぺったりはりついている。今や聞こえるのは、ずぶぬれの落ち葉の中、バシャッ、バシャッと水をはねあげて近づいてくるぶきみな足音だけ。

「ねえ……まだだめ？」ルルは金切り声をあげた。

「えっと……たぶん……」

ルルは木の実をさらにひっつかみ、びしょぬれの黒い手で根もとにすりこんだ。ちらっと目をあげると、ドゥムザニが少しおとなしくなったように見える。

バシャッ、バシャッ。足音がどんどん近づいてくる。そして男の大声がした。

「おい、おまえたち！」

「オイ、オマエタチ、ナニヤッテンダ——!」

フレンチーがすすり泣いた。

ルルは立ちあがり、足をぐりぐりやって、つぶれた木の実をさらに土の中深く、ドゥムザニの根のほうへおしこんだ。ついに、フレンチーが逃《に》げだせるくらいまで、ドゥムザニのしめつけがゆるんだ——ところがこんどは、アーチのむこうから大男があらわれた。男がドゥムザニの茂《しげ》みにおしいり、フレンチーのもう片方《かたほう》の腕《うで》に手をのばす。それでもフレンチーは、ぎりぎりセーフでぬけだした。西洋ニンジンボクの実がきいているのに、男の乱暴《らんぼう》な動きに刺激《しげき》されて、ドゥムザニが男の腕《うで》につかみかかった。男は反対の手でなんとかフレンチーの服のそでをつかんだものの、ドゥムザニからぬけだせない。もがけばもがくほど、次々のびてくる巻《ま》きひげにからみつかれている。フレンチーが男の手からそでを引きはなす。そしてルルとふたりで門をとびだし、小道にかけだした。ルルがちらっとふり返ると、ドゥムザニのゆれる枝《えだ》の中に見分けることができたのは、ばたつく一本の腕《うで》だけだった。

第十章　ウイッシュ・チョコレート

「ルル、あんたが無事でほんとによかった！」

その日、ルルが電話をかけると、カサンドラがいった。

「今日のことは、すまなかったね」

「ううん、カサンドラも無事でよかった。けど、あれ、いったいだれだったの？」

「あたしからすべてをうばえるって考えてるやつだよ……まあ、あたしみたいな仕事には、つきものの危険《きけん》ってやつかね。それであの〝偽装工作《ぎそうこうさく》〟ってわけさ！」

カサンドラがのんきな口調でいった。ルルには、やけにのんきすぎるとしか思えない——まるで今日のことを、たいしたことじゃないって思わせようとしているみたいだ。

「あの男が来るのはいくらかあとになるって思ってたんだけどね」カサンドラがつづけた。

「あたしだって、いつもいつも結果を正確《せいかく》に先読みできるってわけじゃないんだよ……」

ルルは、自分とフレンチーを追いかけてきたあの男のことを考えた。体がぶるっとふるえる。男のそでにバッジがついていたのをおぼえている。王冠《おうかん》マークの下に、魚のしっぽをした金色の馬の絵。

「けどあれは――」

「だいじょうぶ、ルル、心配ないって」カサンドラがきっぱりといった。

「もう万事だいじょうぶだから。いいから、あんたはあのレシピのスイーツをつくらなきゃ。つくるって約束してくれるね?」

「えっと……まあ……」

「よかった。大事なのはそこだから。すべてうまくいくことを願ってるよ……じゃあ」

ルルはすわってしばらく〈泥《どろ》だらけの長ぐつをはいたママ〉の写真を見つめて、カサンドラと霊能力《れいのうりょく》をもつ飼《か》いネコのラムセス、それに変身する家のことを考えていた。

「いったいどうやったらあんな〝危険《きけん》〟に慣《な》れるなんてできるの?」と声に出していってみる。きっとカサンドラには、ああいうことがひっきりなしに起きてるんだ――でもそれって、なんてふしぎな人生なんだろう!

ルルはため息をついた。いわれたとおり、さっさとウィッシュ・チョコレートをつくったほうがよさそうだ。パパは喜んで好きにさせてくれるはず。なにしろ、ルルにとって料理は、いつのまにかすっかりいつもの週末行事になっている。それにアイリーンは、アパートさがしで家にいない。今朝、ちらっとだけ顔をあわせたけど、今日もまた愛想のいいアイリーンだった……でも、はるかな山のように遠いアイリーンだった。気のぬけたソーダみたいに、あの〝しゅわしゅわ〟がみんな消えていた。

スイーツづくりをはじめると、すぐにルルは夢中《むちゅう》になって、あの乱入者《らんにゅうしゃ》のことはきれいさっぱり忘《わす》れていた。〈甘露《かんろ》〉と書かれた小さな袋《ふくろ》の中身をボウルにあける。小さな白い結晶《けっしょう》が陶製《とうせい》のボウルにあたって、銀の鈴《すず》のようにチリンチリンと音をたてた。カサンドラが「タマリスクの木の涙《なみだ》」と呼んでいたこの〈甘露《かんろ》〉は、もとは聖書《せいしょ》で「天からの食べ物、マナ」といわれていたものだという。

「これ以上に神聖《しんせい》な刺激《しげき》をあたえてくれるものはないだろ?」とカサンドラはいっていた。

作業を進めながらルルは、それぞれの材料にまつわるいいつたえの中をさまよった。どのレシピにもこれほど心を引かれるのは、そんなふうに空想の中で、お話の登場人物になれるからだ。あるときはイスラエル人になって、シナイ半島の砂漠《さばく》で灼熱《しゃくねつ》と砂《すな》ぼこりの中をとぼとぼ歩きながら、天からふってきたふしぎなマナをひろい集める。またあるときは、カサンドラから聞いた別の話の男になって、黄色い花の咲《さ》く木の枝《えだ》で眠《ねむ》りからさめ、自分をつけねらうライオンからのがれようと、アフリカの大地を逃《に》げまどう。このツワートストームという木の実でつくるバターは、食べた人に大きな夢《ゆめ》をもたせる働きがある。

そして今ルルは、クイックシルバーの乾燥《かんそう》した木の実を、スイーツの種に加えた。これは見た目が小さな水銀《マーキュリー》の粒《つぶ》に似《に》ていて、食べた人が頭を使ってあらたな高みにのぼる助けをするもの。ルルは、この木の実を加えながら、ローマ神話の神、マーキュリーに変身し、マーキュリーのトレードマーク、翼《つばさ》のあるサンダルをはいて空高くまいあがっていく。

次に加えたのはオーディンの美酒という発酵《はっこう》したハチミツ・ドリンクで、これは北欧《ほくおう》の最高神、オーディンと関係している。空想の中でルルは、北欧神話《ほくおうしんわ》の神々の王国、アースガルズの一員となってボウルをさしだし、オーディンが巨大《きょだい》なワシの姿《すがた》で頭上にまいおりたとき、彼《かれ》の吐《は》きだす魔法《まほう》のドリンクをキャッチする。このドリンクは〝詩の美酒〟として知られ、『アップル・スター』にはこう説明されていた。

「どんな目標を達成するときにも、美しいことばがかならず助けとなる。ただし、きっちり正確《せいかく》な分量を加えるように注意すること。この強力な美酒が一滴《いってき》でも多すぎると、口にした者はえんえん詩をまくしたてることになり、悲惨《ひさん》な結果になってしまう！」

最後にルルが加えたのはアマランサス。これはギリシャの狩《か》りの女神、アルテミスにささげられた花であることから、女の人が目標を追い求めるのを助けるためのものだ。そしてルルはすべての材料をまぜながら、自分が足の速いアルテミスになったつもりで、弓矢を手に、オリュンポスの森で猛獣《もうじゅう》たちを追いまわしているところを想像《そうぞう》した。

材料をまぜ終わると、ペースト状《じょう》の種を羊皮紙《ようひし》の上にぶあつくのばして、それを四角くカットした。ここでいよいよチョコレートの出番だ。

「チョコレートはいちばんまじりけのない状態《じょうたい》のとき、頭と体と心を刺激《しげき》するんだよ」

と、カサンドラがいっていた。そのことばでルルは、パイ先生が授業《じゅぎょう》でいっていたことを思いだした。本の指示《しじ》どおり、マダガスカルのめずらしいチョコレートをゆっくりゆっくりとかしてから、そのとろりとした黒いビロードのような香《かお》り高い液《えき》を、四角いペーストの上に慎重《しんちょう》にそそいでいった。

するとそのとき、いつもルルがおそれている瞬間《しゅんかん》がやってきた。アンブローシア・メイが〝発作《ほっさ》〟と呼《よ》ぶ瞬間《しゅんかん》だ。発作《ほっさ》は、今しているること（ルルの場合、お話の中をさまようこと）への集中がとけて、もうれつに、のどから手が出るほど、自分でレシピのスイーツを食べてみたいと気づいたときにやってくる。ルルにはその発作が毎回やってきて、いまだに慣《な》れることができない。だから今ではつねに、非常食《ひじょうしょく》を手もとにおいておくようにしている。そして今、すわって、どこにでもあるふつうのチョコレートバーを食べながら、発《ほっ》作《さ》がおさまっていくのを感じて、ほっと胸《むね》をなでおろしていた。

でももうひとつの発作《ほっさ》、アイリーンを失うと考えるたびにおそってくる発作《ほっさ》は……まだ消えていない。

「ハイ！　アイリーン、元気？」

アイリーンがずぶぬれで玄関《げんかん》からぱっとあらわれると、ルルは悲鳴にも近いような声であいさつした。すごいグッドタイミング。ちょうどウィッシュ・チョコレートをつくり終えて、ぜんぶかたづけをすませたところだ。いちばん大事な『アップル・スター』もいっしょに。

「ぐしょぐしょ！」

アイリーンは疲《つか》れたようにそういって、びしょぬれのデニムジャケットをはぎとった。

「かわいたのに着がえなくちゃ」

「お湯わかすね！」とルル。

アイリーンが力なくほほえんで、

「あら、かんぺき」と、しわがれた声でいった。

「お茶をいれてくれるなんて最高！」

「うん、あたしたちポムって役に立つでしょ」とルルは冗談《じょうだん》っぽくいった。元気なときのアイリーンなら、いつもイギリス人のことをちゃかして〝あなたたちポムは〟ってルルをからかう。だから今、アイリーンが、おもしろがってくれるかどうか、ルルは気になった。

ところがアイリーンはすでに階段《かいだん》をとちゅうまであがっていて、ルルのちょっとしたジョークには気づいていないようだ。がっかり……。あんなの、ぜったいアイリーンらしくない。ルルははやる思いでキッチンにもどると、紫色《むらさきいろ》のシルクをしいた小さなヤシのバスケットに、手早くウィッシュ・チョコレートをならべた。不安はあるけど、今はかなりワクワクしている。

「はい、プレゼント」

アイリーンがもどってくるなり、チョコレートのつまったバスケットをさしだした。

「あたしがつくったの」

「これを？」

アイリーンは見るからに感動したようすで、ちょっぴり元気になったようにさえ見えた。

「うん！」

「すごい。ありがとう！」アイリーンはルルを抱《だ》きしめてキスをした。

「ほんとに器用ね。さあ、食べましょう」

「えっと、あたしは遠慮《えんりょ》しとく。おなかが……いっぱいだから」

「ばかいわないで！」といってアイリーンがバスケットをさしだした。

「おなかがいっぱいでチョコが食べられないなんて、ありえないわ。ほら！」

「ううん、ほんとにいいの！」ルルはいいはった。

「じつは……ちょっとおなかが痛《いた》くって。でもそれ、だれにもあげないでね。いい？　アイリーンのための特別なものなんだから」

アイリーンは肩《かた》をすくめた。

「わかったわ」そしてひとつつまんで口にもっていった。

「待って！」

ルルはあわててアイリーンの腕《うで》をつかんだ。アイリーンが心配そうにこっちを見る。

「それは特別な……夢《ゆめ》がかなう、チョコなの」

あんまりばかみたいに聞こえませんようにって心の中で祈《いの》りながら、ルルはつけくわえた。

「ほら、流れ星が消えるまでに願いごとを三回いうのに似《に》てて……一個《いっこ》食べるごとに目を閉《と》じて、願いごとをしなきゃいけないの」

「わたしが？」

「そう。けど、ほんとにためになる願いごとじゃなきゃだめだよ。それから……それから……集中して、毎回おんなじ願いごとにして……ころころ変えるのはダメなの。きかないから」

「オー……ケー」アイリーンがのろのろと返事をする。

これでほんとに頭がおかしいって思われてるだろうな……。

「これって……ポムのいいつたえなの。聞いたことない？」ルルはあわててつけくわえた。

「えーと」といいながらバスケットを見つめると、ある考えがぱっと頭に浮《う》かんだ。

「収穫祭《しゅうかくさい》と関係あるんだ」

「収穫祭《しゅうかくさい》は終わってると思うけど」

「そりゃそうだけど、でも願いをこめるとこはあとでやるの……みんなが、ほら、来年の作物のことを考えるころに」

「ほんと?」とアイリーン。ちょっとだけおもしろがっているような顔をしている。

「わかった、ばかみたいだけど、かまうもんですか!」

そういって目をぎゅっと閉《と》じると、チョコを口にはこんだ。

「あっ、あとひとつ!」

またしてもルルはさっと手をのばし、アイリーンがチョコを食べるのを止めた。

アイリーンが目を開く。

「こんどはなに?」

「えっと……恋《こい》の願いはダメなの。それもきかないから」

そのことは『アップル・スター』にはっきり書かれていたし――恋《こい》のレシピには、別の章が用意されている――アイリーンにそのことを知っておいてもらうのが大事だから。

「へえ」アイリーンが肩《かた》をすくめた。

「それでぜんぶ?」

「えっと、あと、そこにはチョコが十五個《こ》入ってるから、一日三個《こ》ずつ五日間食べてね」

「わかりました、博士《はかせ》。ほかには?」

「ううん!」やっとルルはいった。

「それでぜんぶ」

「オーケー！　準備完了《じゅんびかんりょう》。では……」

アイリーンが目を閉《と》じ、チョコを口にほうりこんだ。

「スタート！」とルル。

第十一章　知識《ちしき》のナゲット

「また料理か？」キッチンのドアからひょいっと頭を出してパパがいった。

ルルは『アップル・スター』をボウルのうしろにすばやくかくした。

「うん、そういう気分なの！」と明るくいう。

ほんとうは、日曜の夜だし、もう時間も遅《おそ》いし、ちっとも料理の気分なんかじゃない。

でも今日は一日パパと出かけていたから、ジーナとアンズタケに食べさせるレシピの料理をつくるには、今しかチャンスがない。明日もっていかなきゃならないから。

レシピの名前は〝知識《ちしき》のナゲット〟。スイーツとはちょっとちがう。アンブローシア・メイによると、「自分でものを考える人間なら、だれも食べない」ようなファストフードにうまく似《に》せたナゲットらしい。ふだん電源《でんげん》の入っていない脳《のう》みそに、ただスイッチを入れるのがねらいだ。

「脳《のう》みそが健康でさえあれば、真剣《しんけん》に考えたり勉強したりできるもの」

とアンブローシア・メイは書いている。

ルルは、これがジーナとアンズタケにうってつけのレシピだってことは、じゅうぶんわかっている。学校の給食で出せばいいからだ。明日からの一週間、ルルとフレンチーは、ちょうど給食当番になっている。もちろん、ふたりに食べさせる五日分をつくるなんて、なみたいていのことじゃないけど、それがカサンドラのアドバイスだ。カサンドラのことを考えると、また不安になってきた。パパがいなくなってから電話をしたけど、留守電《るすでん》だった。こんどは、折《お》り返《かえ》し電話がほしいとメッセージを残した。そしてフレンチーに電話した。

「そりゃあ、カサンドラがあのお客のことでちょっと動揺《どうよう》してたのはわかってるけど」

とフレンチーがいった。

「でも、彼女《かのじょ》に連絡《れんらく》がとれないのは、これがはじめてってわけじゃないでしょ？　おぼえてる？　ルーがキューピッド・ケーキつくりたがってたときだって、ずいぶんつかまらなかったじゃん」

「まあね。でもあのときは、あたしのほうがしばらく連絡《れんらく》とってなかったから」

「まあそうだろうけど。けどルー、あたしはやっぱ、彼女《かのじょ》はちょっと変わってるんだと思う。そりゃあ、すごい人だよ……でも変わってる。きっと心配ないよ。ほら、むこうの電話が調子悪いってこともありえるし。あたしがルーなら、手紙を書くけどね」

「うん。そうしてみようかな」

「ところでさ、ウィッシュ・チョコはどうだった？　もうアイリーンになんか変化あった？」

「わかるわけないよ。あいかわらずほとんど部屋にこもってるもん。ろくに声も聞いてないんだから」

「ねえ、それっていいしるしかもよ！」フレンチーが陽気にいった。

「仕事の応募書類《おうぼしょるい》書くのにいそがしいのかもしれないもん」

もちろん、そうなってもらうことが目的なのに、考えただけでルルはよけいみじめな気持ちになる。

「うん、あたしもそうかなって思った」と重い口調でいった。

ナゲットづくりをつづけよう。そうすれば、ウィッシュ・チョコのときみたいに、またお話の中をさまよって、カサンドラとアイリーンのことを忘《わす》れられる。

お豆腐《とうふ》と油を混《ま》ぜあわせたあと、ルルは〝知恵《ちえ》のサケ〟の卵《たまご》の乾燥粉末《かんそうふんまつ》を加えた。この粉末《ふんまつ》はナゲットに塩気をあたえるだけで、魚くさくはならないと、カサンドラがはっきりいっていた。粉末《ふんまつ》を混《ま》ぜいれながら、ルルはわれを忘《わす》れて、巨人《きょじん》と小人《こびと》が暮《く》らすふしぎな国アイルランドに入りこんでいた。そして伝説の英雄《えいゆう》、フィン・マックールとなって洞窟《どうくつ》にすわり、巨人《きょじん》の師匠《ししょう》のために知恵《ちえ》のサケを焼いている。師匠《ししょう》からは、ひと口でもサケを食べたら首をはねるぞとおどされていた。ところが焼けた魚にふれてやけどし、親指をしゃぶってしまう……すると、偉大《いだい》な知恵《ちえ》をさずかるのだ。

「アイルランドにはほんとにサケの養殖池《ようしょくいけ》があるんだよ」とカサンドラが話してくれた。「それで、池のまわりには、すごく特別な種類のハシバミの木がはえてるんだ。サケが知《ち》恵《え》をつけるのは、その木からふってくる実をエサにしてるからで、その結果、知恵《ちえ》がサケの卵《たまご》にぎゅっと集まるのさ」

ルルはそののどかな光景を思いうかべた。

くねくねと枝《えだ》をのばす木立《こだち》に開けた池。その木から緑の殻《から》をつけた実が、キラキラかがやく水の中に落ちる。そして、ルルの足くらいの大きさの玉虫色の魚がさーっと泳いできて、その実を飲みこんでいく。

つぎに、特別な種類のニガヨモギの種を加え、こんどは、体にだいたんに色をぬったアステカ族の女の人になる。大きなたき火のまわりで部族のおどりをおどるその頭には、脳《のう》に刺激《しげき》をあたえるニガヨモギが飾《かざ》られている。古代メキシコ人が塩の女神のお祭りを祝っている光景を思いうかべると、ルルは、太鼓《たいこ》をたたく音までが聞こえるような気がした。塩の女神がいるなんて、びっくりだ！

つぎに入れるのは、メデューサの根のみじん切り。これはギリシャの知恵《ちえ》の女神、アテナと関係のある植物だ。メデューサと呼《よ》ばれるのは、同じ名前の、髪《かみ》が無数のヘビになった怪物《かいぶつ》に似《に》ているからだ。ルルは、父親ゼウスの頭から鎧《よろい》を着けて生まれたアテナとなって、メデューサの首をはめこんだ盾《たて》を手に、勇《いさ》んで悪者退治《わるものたいじ》に出かけていく。

こうしたあざやかなイメージは、どれもありがたい気晴らしにはなったけれど、種を小さなボール型にまるめて卵《たまご》につけ、パン粉をまぶして揚《あ》げるという単調な作業にとりかかると、すぐにその効果《こうか》はうすれていった。すると、またカサンドラのことを急に思いだした。非難《ひなん》がましい目で見つめても、電話はなおもがんこにだまりつづけている……。

「なんだ、あいつらが当番《とうばん》じゃ、まる一日《いちんち》かかるじゃん！」

ジーナがランチの列でだんだんとこっちに近づきながら、大声で文句《もんく》をいった。

「さっさとしなよ、おなかペコペコだっつーの！」

それはよかった！　ていねいにラップをかけたナゲットをロッカーからとってきたとき、ルルはグリニーの両親が、顔を石のようにこわばらせて校長室にむかうのを見かけていた。もう一分一秒だってぐずぐずしていられない。巨人《きょじん》を退治《たいじ》する時が来た——フィン・マックールみたいに、あの子たちに一杯《いっぱい》食わせてやる。のしかかるようなふたりの巨体《きょたい》が近づいてくると、ルルはカウンターの下にもぐりこみ、トレイにチキンナゲットを補充《ほじゅう》した……。形のちがいではっきり見分けのつく、きっちり十二個《こ》の〝知識《ちしき》のナゲット〟もいっしょに。

そのしまりのないかたまりに、ルルは顔をしかめた。前の日の残り物のフライみたいに、食欲《しょくよく》をそそらない……。ルルはポケットからいそいで小さな塩入れをとりだし、ナゲットの上にふりかけた。じつは、塩そっくりでも、中身は〝スプリッツ〟。カサンドラがくれた、ナゲットをおいしそうに見せるためのものだ。

グリニーが列にあらわれた。今までになくゆううつそうな顔をしている。

「ああ、ルーが当番なんて気づかなかった。あのね……すごくルーと話したかったの」

ルルはへらを手に、一瞬《いっしゅん》かたまった。

「ねえ、グリニー、いろいろだいじょうぶ？　ついさっき、おじさんとおばさんのこと見かけたけど」

グリニーの目が涙《なみだ》でくもった。

「うん、じつは、両親が決めたんだ……わたし、ほんとに転校することになるの」

「ったく、さっさとしろってば！」とジーナがわめいた。

ルルはすばやくグリニーのお皿に料理をもりつけた。

「あとで話聞くから。いい？」そういってグリニーを元気づけると、列は流れだし、ついにジーナとアンズタケが目の前に来た。

ちらっと下を見て、ルルは大喜びした。スプリッツのおかげで、冷めてしなしなだったナゲットが今やパリッと黄金色《こがねいろ》のフライに変身し、保温《ほおん》トレイの上でうれしそうにジュージュー音をたてている。

「はい、どうぞ！」

ルルは陽気にニコニコ笑って、それぞれに六個《ろっこ》ずつ、ナゲットをもりつけた。

「めしあがれ！」

ジーナが小ばかにしたように笑って、

「やっとじゃんか」とぶっきらぼうにいった。

「ほんと、やっとだよ」ルルはこっそりつぶやいた。

「二週間なの」

ルルとフレンチーが自分たちのランチをもってグリニーのところに行くと、彼女《かのじょ》がいった。

「それだけは、うちの親もようすを見るって。それで、それまでに状況《じょうきょう》が変わってなければ、わたしは出てくの。だからようするに、転校するってこと。だってその前になにかが変わるなんて、あるわけないもん」

「わかんないよ、グリニー！」フレンチーが彼女《かのじょ》の肩《かた》をたたいていった。

「もしかしたらほんとに……」

となりのテーブルにはジーナとアンズタケがすわり、ふたりともすでに食べ終わっている。どっちのお皿にも食べ物がひとかけらも残っていないのを見て、ルルは喜んだ。体を寄せて、ふたりの会話に耳をすます。いつものように、子分のキャラとメルもいっしょだ。

「ねえ、今夜なんのテレビやるか知ってる？」とキャラがいっている。

「あの番組、『ファッション・ポリス』だよ。待ちきれないなぁ。先週は見のがしちゃったんだ」

「ああ、あれっておもしろいよね！」とメル。

「ジーナも見るでしょ？」

ジーナはしばらく考えている。

「でも時間ないかも。あのコートジボワールの先住民族《せんじゅうみんぞく》とか民族衣装《みんぞくいしょう》とかについて、もっと知りたいって思ってんだ」

ことばが口からとびだしたとたん、自分でも軽くショックを受けたように、ジーナの目がすばやくあっちこっちをさまよった。

キャラとメルが口をぽかんとあけてジーナを見つめた。

「今、なんてった？」

ジーナは、あんまりにもダサイことをいったのがきまり悪くて、真っ赤になりながら歯を食いしばり、いつものうすら笑いを浮《う》かべた。無理をしているのがみえみえだ。

「っていうか……まさか、もちろん見るにきまってなくない？　っていうか、きまってない？　っていうか……もう行かなきゃ！」

ジーナがぱっと立ちあがると、あわててアンズタケもあとを追った。ルルは聞きのがさなかった。ふたりで食堂を出ながら、アンズタケがあつくジーナに語っている。

「ねえ、あたしもあのテーマにはすごく夢中《むちゅう》なの！」

「ジーナったら、いきなりどうしちゃったわけ？」

あとに残されたメルがいった。今にも脳《のう》みそが破裂《はれつ》しそうな顔をしている。

「さあ。でも、かんぺき〝お高くとまってる〟って感じだった」とキャラ。

ルルはフレンチーと目をあわせ、にっこり笑って親指を立ててみせた。やったね！

第十二章　タイホする！

「こちらは、レスターシャー州《しゅう》にあるスクラッチング一家のお宅《たく》です。スクラッチングご夫妻《ふさい》はキッチンで夕食の準備中《じゅんびちゅう》。ティーンエイジャーのお嬢《じょう》さん、ポルキアは、夕方から友だちと出かけるしたくをし、ふたりの弟さんは庭で遊んでいます」

陽気なBGM《ビージーエム》にのせてテレビのナレーションがスクラッチング家を紹介《しょうかい》するのにあわせ、カメラが家族を順にうつして動きを追っていく。

「典型的なイギリスの家族が、すてきに時間をすごしています。今日のような気持ちのいい日はまさにイギリスの典型的な夕方の光景……。みなさんはそうお思いかもしれません……でも、ちょっとお待ちを！」

BGM《ビージーエム》とナレーションが、かた苦しくて芝居《しばい》がかった雰囲気《ふんいき》に切りかわった。

「そんなふうにお思いなら、あなた、とんでもない大まちがいです！　なぜなら、この一家はひとり残らずひじょうに悪質《あくしつ》な罪《つみ》をおかしているのです。悪質《あくしつ》すぎて、近隣《きんりん》の方々も通報《つうほう》するほかなかった……ファッション・ポリスに！」

そしてカメラがおっかなそうな女の人の映像《えいぞう》に切りかわった。やたらと派手《はで》に仕立てた警察《けいさつ》の制服《せいふく》もどきを着て、仕上げにミラーサングラスとハンチング帽《ぼう》、かかとの高い黒のエナメルブーツを着けた――ヴァラミンタ・ガリガリ・モージャだ。

「キャー！」ルルはクッションに半分顔をかくして悲鳴をあげた。

「あの人たち、かわいそう！」

アイリーンも大声をあげながら、ルルにしがみついた。

「まあ、見てよ、あの女《ひと》！」

ルルは口には出さないものの、ヴァラミンタを見て胃がむかむかしている。こうなることはわかっていたけど、なにかの恐怖症《きょうふしょう》みたいなものを、本気で克服《こくふく》しなきゃと思ったのだ。夕方いっぱいパパは出かけているから、長い時間ヴァラミンタに身をさらしてみるには今が絶好《ぜっこう》のチャンス。クモ嫌《ぎら》いが、毒グモのタランチュラにさわって恐怖心《きょうふしん》を克服《こくふく》するようなものだ。それに学校中がこの番組の話をしているから、すごく興味《きょうみ》もある。

テレビでは次に三人の〝女警官《ポリスウーマン》〟が、スクラッチング家に乱入《らんにゅう》していった。

「うーっ！　ラインストーンのジーンズはいてるなんて、しーんじられない！」

スクラッチング夫人にむかってヴァラミンタが金切り声でわめいた。かわいそうに、スクラッチング夫人はたぶん今の今まで、自分がかなりイケてると思ってたはずだ。

「その歳《とし》で！」ヴァラミンタがなおもガミガミいう。

「〝若《わか》づくりもたいがいにしろ〟ってことば、聞いたことないの？」

ルルはイスにさらに深くしずみこんで、クッションのうしろから画面をのぞき見た。

「無理、こんなの見られそうにない！」

とはいったものの、ホラー映画《えいが》と同じで『ファッション・ポリス』に心をつかまれ、完全に目をはなすこともできない。

なおもイスの中でちぢこまり、肌《はだ》をぞわぞわさせながら見ていると、ヴァラミンタとアシスタントふたりはスクラッチング家全員の服装《ふくそう》だけじゃなく、インテリアの趣味《しゅみ》や余暇《よか》のすごし方についてまでぼろくそにいっている。そしてついにヴァラミンタが手錠《てじょう》をさっとりだし、スクラッチング氏の手首にその手錠《てじょう》をかけた。カチッ！　さらに家族全員に手錠《てじょう》がかけられる。カチッ！　カチッ！　カチッ！

「おしゃれ違反《いはん》の罪《つみ》でタイホする！」ヴァラミンタがさも満足そうに宣言《せんげん》した。

「連行しなさい！」

「『ファッション・ポリス』ね、なるほど！　でもあれじゃ、恐怖《きょうふ》ポリスって感じじゃない！」

アイリーンが大声でいった。

番組は下品だし、おなかの中のムカつきはがんとして消えてくれないけど、アイリーンがやっと昔のアイリーンにもどってくれたみたいで、ルルは少し安心した。

ふたりがどうにか番組を見つづけているあいだに、手錠《てじょう》をかけられたスクラッチング一家は、なぜか町の中心街に連れさられた。そしてヴァラミンタが選んだ趣味《しゅみ》のいいショップでついに刑期《けいき》をつとめあげると、〝悪趣味《あくしゅみ》〟な物をとっぱらった家に、置き物のようにちょこんともどされた。まるで三つぞろいのスーツを着せられた七歳児《さいじ》みたいに、いごこちが悪そうにしている。運動靴《うんどうぐつ》とトレーニングウェアは消え、落ちついた色でカラーコーディネイトされた、こぎれいな服に着がえさせられていた。

「さあ、もう二度とやるんじゃないわよ。わかった？」

最後にヴァラミンタがつめよった。手の中で警棒《けいぼう》をぴしゃっ、ぴしゃっといわせながら、家族の顔をのぞきこむようにして気どって歩いている。

「はい、やりません」スクラッチング一家が声をそろえて、すなおに返事した。

「それから少しはやせるように努力しなさいよね」

ヴァラミンタが不運な娘《むすめ》のポルキアをガミガミと怒鳴《どな》りつけた。

「あたくしはせいいっぱいやってるの。でも、ほんと！　そんなウェールズ地方ほどもある、おっきなおしりされてちゃ、あたくしひとりにできることはかぎられてるのよ！」

かわいそうな女の子は、穴《あな》があったら入りたいって顔をしている。

アイリーンが立ちあがってテレビを消した。

「まあ、ヴァラミンタも、まがりなりにも進歩してるみたいね」

「進歩？」ルルは思わずさけんだ。

「冗談《じょうだん》でしょ？」

「本気よ。だって少なくとも、もういい人ぶってないでしょ。ルーのお父さんといっしょだったころみたいに。ぜんぶ白状《はくじょう》したってことよ。彼女《かのじょ》は自分がひどい人間だってわかってるし、今じゃそれを地でいってるってわけ」

「まあ、それはそうだね」とルル。テレビを消したせいで、もう気分がよくなっている。

「おまけにあの感じじゃ、すっかり新しいファン層《そう》を獲得《かくとく》したみたいだしね」

と、つけくわえた。

『ファッション・ポリス』は大当たりのテレビ番組として世間の注目をあび、ヴァラミンタは、のどから手が出るほどほしかった富《とみ》と名声を手に入れはじめている。これはルルにとってもいいニュースとしかいいようがない。おかげで、『アップル・スター』をねらってルルにつきまとうのを、完全にあきらめてくれたわけだから。なのに、いまだにあの人があたしをやっつけようと躍起《やっき》になってるかもしれないっていう、こんないやな予感がするのは、なんでなんだろう？　さっぱりわからない。キッチンで料理にとりかかったほうがいい。そうすれば気持ちが楽になるはず……。


「こんちは、あっしはアンドレアス。コスタスにいわれて来た」

ルルが朝ごはんを食べに下におりていくと、背《せ》が低めのでっぷりした男が、玄関先《げんかんさき》の階《かい》段《だん》でパパに話しているのが見えた。

「ああ、そうでしたね」とパパがいっている。

「このあいだコスタスから電話があって、あなたのことはうかがってます。まあ、どうぞ中へ。彼《かれ》はだいじょうぶですか？」

「ああ、だいじょうぶ」廊下《ろうか》に入りながらアンドレアスがいった。

「悪い風邪《かぜ》が胸《むね》に来て、ひっきりなしにせきしてるだけ。でも、あっし、いい庭師《にわし》」

とつけくわえて、にっこり笑った。

「やり方、わかってる」

へえ、けど、うちみたいな庭を相手にしたことはぜったいないはず……。ルルは不安になった。それでも、少なくともクリロウはしばらくは歩かないだろうし、あとは、イズモの木とテッポウカボチャがいい子にしててくれるのを願うだけだ。

「それはそうでしょうね。じゃなきゃ、コスタスがあなたを推薦《すいせん》したりしないだろうし」

とパパがいった。

「ルル、アンドレアスを庭に案内してあげてくれないか？　パパはしたくをすませなきゃならないんだ」

「わかった」ルルは一瞬《いっしゅん》考えこむようにして、ぼさぼさのひげで顔中おおわれたアンドレアスの赤ら顔をまじまじと見た。

「前に来たことありますか？」ときいてみた。

「ここはないな。ない。けどあっし、いい庭師《にわし》。あんた満足する！」

ルルはアンドレアスを庭に通してからキッチンに入り、朝ごはんを食べた。そして食べ終わると、金曜の今日、ジーナとアンズタケに食べさせる最後の知識《ちしき》のナゲットを準備《じゅんび》した。今日のテストが楽しみ……。それにしても、これが最後でよかった。今日まで、かなりてんてこまいだった。それでも、万事順調《ばんじじゅんちょう》で、すごく勇気づけられている。フレンチーの協力もあって、月曜日から一日も欠かさず、あのいじめっ子ふたりのお皿にまんまと魔《ま》法《ほう》のナゲットをもりつけてやった。病《や》みつきになるくらいおいしいらしく、毎回ふたりがナゲットを選ぶからだ。おまけに、なにもかもが、ナゲットのききめを物語っている。このところのジーナとアンズタケはみょうにおとなしい。勉強に興味《きょうみ》がありすぎて、いじめなんかしてる時間はないみたいだ。

ルルがナゲットをくるんでバックパックに入れようとしていると、とどいたばかりの手紙をチェックしながら、パパがふらりとキッチンに入ってきた。そしてちらっと目をあげ、ルルがキッチンの窓《まど》からアンドレアスを心配そうに見ているのに気づいた。

「ヌードル、おまえの植物のことは心配ない。たかが一日のことじゃないか。まあ、パパの植物学者の友だちなら――」

「ダメ！」

パパはやれやれという顔をして、手紙に目をもどした。

「おっと、これはあけちゃいけなかったんだ」

と、一通の手紙をキッチンテーブルにおろした。

「アイリーン宛《あ》てだった。うちに他人がいるってことに慣《な》れなくてな……まちがえちゃったっていっといてくれないか？　彼女《かのじょ》の手紙をせんさくするつもりはなかったって！」

そして、腕時計《うでどけい》に目をやった。

「お、こんな時間か。行かないと……じゃ、行ってくるよ！」

そういってルルの頭に軽くキスすると、あわてて仕事に出かけていった。

ルルは封《ふう》のあいた手紙を見た。手まねきするみたいに、目の前のテーブルにおかれている。下におりてくるとき、アイリーンはちょうどシャワーをあびにバスルームに入ろうとしていた。まだおりてはこないはず。手紙がさそいをかけてくる……。

ルルは手をのばし、封筒《ふうとう》からびんせんをとりだした。顔がひりひりとうずく。見おぼえのある、あの求人広告にあった学校のマークと、「応募書類《おうぼしょるい》を受けとった、近いうちに連《れん》絡《らく》する」と書かれた文字が目に入ったからだ。

ルルはいそいでびんせんを封筒《ふうとう》にもどし、わきにおいた。じゃあ、やっぱりアイリーンは応募《おうぼ》したんだ……でも、いい……まだアイリーンがあの仕事につけるって決まったわけじゃない。

★

ルルは地理のテスト用紙を見つめ、ほとんど復習《ふくしゅう》してなかったってことを、急に身にしみて感じた。この二週間は、とにかく頭がいっぱいだった。カサンドラとあの謎《なぞ》の訪問者《ほうもんしゃ》のことや、アイリーンとウィッシュ・チョコのこと。そしてもちろん、山場をむかえているジーナ対グリニーのことなんかで、学校の勉強はあとまわしになっていた。集中しなきゃ……もう、あたしのバカ！　なんで自分でも知識《ちしき》のナゲットを食べなかったのよ？　今すぐ脳《のう》の働きを高めるものがすごく必要なのに……。他人を助けることにいそがしすぎた。それが問題だ——まるで、まぬけで的はずれなスーパーヒロインみたい。そういえば、本業じゃ役立たずっていうのが、スーパーヒーローやヒロインにつきものの運命なんじゃない？　まだわからないのは、あたしがスーパーヒロインのレベルにたっしてるかどうかってことだ。

それでも、少なくてもひとつ、すごく心強いことが起こっている。ジーナとアンズタケのほうにちらっと目をやると、ふたりがテストにかじりついて、もうれつに鉛筆《えんぴつ》を走らせている。すごい！　それに引きかえキャラとメルは、しめったマッチ箱なみに気合の入らない顔をしている。よし、テストの結果がどうなるか、すっごく楽しみ！　劇的《げきてき》に変わらないかぎり、グリニーがあとたった一週間で転校しちゃうってことを考えたら、よけいに……。

第十三章　ピンクのプディング

月曜の朝、パイ先生が教室に入ってきた。青白いパイ顔をいつもどおり、人を見くだしたみたいにしかめている。

「さて、週末にみなさんの答案を採点《さいてん》しまして……いくつか気づいたことがあります」

そこで先生は効果《こうか》をあげるためにことばを切り、教室を見まわした。

どうしよう、はじまる……ルルは不安になった。きっとテストのできがあんまりにもひどくって、名前を呼《よ》ばれちゃうんだ……。

「ジーナとアンズタケ」とパイ先生がいった。

ルルは息をのんだ。まさかあのふたり、しくじってないよね？　あれだけ勉強してたんだから。ルルはこっそりふたりをぬすみ見た。どっちも顔のやり場にこまっているようだ。

「長年教師《きょうし》をやってきて、いまだかつてありませんでした」

とパイ先生がきびしい顔でつづける。

「こんなおどろくべき変身を目の当たりにしたことは！　ふたりとも、さあ、前に来て」

ジーナとアンズタケはイスにすわったまま身をすくめて、雷《かみなり》に打たれたみたいになっている。キャラとメルがおしころした小さな声でクスクスと笑った。

「そうよ、あなたたちにいってるの！」とパイ先生がしつこくいう。

「ジーナ・レモンとアンズタケ・マッシュルーム――いらっしゃい！」

とふたりを手まねきした。

ジーナとアンズタケは、パイ先生のところに行くよりしかたない。肩《かた》をすぼめて足を引きずるように、教室の前にむかっていく。すごい！　ルルは心の中でさけんだ。さっとグリニーに目をやると、彼女《かのじょ》はぼうぜんと目を見はっている。

先生がパイ顔をくしゃくしゃにして笑いながら、ふたりの〝巨人《きょじん》〟に腕《うで》をまわした。

「ねえ、いつもなら、態度《たいど》が悪いって理由でふたりを前に呼《よ》ばなきゃならないのよね。でも今回は、ずばぬけてよくできてたからなの。おめでとう。あなたたちには力があるってわかってたわ！　じつは、ふたりのがんばりがあんまりうれしくって、ごほうびをあげようと思うの！」

〝ごほうび〟だって、アハハ！　ジーナとアンズタケの動揺《どうよう》した顔を見て、ルルは必死で笑いをおしころした。もう、かんぺきすぎっ！

パイ先生がふたりにピカピカの大きなバッジを手わたした。

「全力でとりくんだらどれだけのことができるか、あなたたちがクラスのみんなに証明《しょうめい》してくれたのよ！　それに、カンニングしてないのはわかってる……授業中《じゅぎょう》に教室でやったテストだもの——先生がぜんぶ見てました。さあ、着けてみて」

とバッジを指さして、ふたりをうながした。

ジーナのプディングみたいなぶよぶよの顔がピンクになった。それでも皮肉っぽいうすら笑いで、バツの悪さをけんめいにかくそうとしている。

「そうだ、つけろよ！」男の子の何人かがせきたてた。みんな、この状況《じょうきょう》を思うぞんぶん楽しんでいる。それに味をしめて、いつもは少し腰《こし》ぬけのキャラとメルも、冷やかしに加わった。

「つ・け・ろ！　つ・け・ろ！」

と定規《じょうぎ》で机《つくえ》をたたきながら、リズミカルにはやしたてている。

ジーナが「あたしひとりじゃつけないからね」という顔で、アンズタケのほうをにらみつけた。そしてふたりは、えいやっとばかりに、大きなまるいバッジをセーターにとめつ

No.1!
No.1!

けた。バッジには「ナンバーワン！」と書いてある。

どっと大歓声《だいかんせい》がわき起こった。心からのおめでとうのときよりも、ずっとやかましい大《だい》歓声《かんせい》だ。ジーナとアンズタケがもじもじしているのを、みんなとことん楽しんでいる。

「もういい、じゅんぶんよ」

パイ先生が声をあげたものの、大さわぎにかき消され、拍手《はくしゅ》かっさいがよけいそうぞうしくなったうえに、野次《やじ》や口笛までとびだすしまつだった。ついに、ジーナはがまんの限《げん》界《かい》にたっした。くるりと背中《せなか》をむけると、ぴしゃっとドアをしめ、ドタドタと教室を出ていった。

パイ先生があんぐりと口をあけた。

「まあ、あの子、いったいどうしちゃったのかしら？」とアンズタケにきく。

アンズタケは肩《かた》をすくめた。

「さあ、知りません」

「今夜、『ファッション・ポリス』だよ」

三日後、ルルは、下校のしたくをしながらジーナがアンズタケにいっているのを耳にした。

「待ちきれない！」

「あたしは見ない」アンズタケがそっけなくいった。

ルルとフレンチーは、ふたりのうしろにぴったりくっついて校舎《こうしゃ》を出た。ナゲットの効《こう》果《か》がうすれた今、どうなるのか興味津々《きょうみしんしん》だ。

「見ないって、どういうことよ？」ジーナがつめよった。

「あんた、いっつも見てんじゃん」

「とにかくあたしは見ない。わかった？」

ルルはフレンチーににんまりと笑いかけた。ジーナが教室をとびだし、アンズタケが自分たちの結束《けっそく》を示《しめ》せなかったあの瞬間《しゅんかん》から、ふたりのあいだの溝《みぞ》が広まっているように見える。ところが、そんなふたりを見て楽しんでいたルルの気分が、校門に近づいたとき、恐怖《きょうふ》に変わった。ルルはフレンチーの腕《うで》をぐっとつかんだ。

「どうしよう、あれ見て！」

と声をひそめて、通りのむかいにとめられた黒いワゴン車にむけてあごをしゃくった。車のボディには見おぼえのあるロゴがある——王冠《おうかん》マークと魚のしっぽをした金色の馬だ。

フレンチーがこおりついた。

「カサンドラのとこに来たあの男……」

「そうだよ」

そういってルルはフレンチーと腕《うで》を組むと、ジーナ軍団《ぐんだん》のうしろにひっつくようにして足早に歩きだした。ワゴン車が走りだし、あとをついてくる。こうなったらなおのこと、いつもとちがう道を行かないと。必要なら、少しおくれるってアイリーンにメールすればいい。ところが、近所の公園の入り口に近づくにつれて、ジーナ軍団《ぐんだん》がスピードをゆるめた。軍団《ぐんだん》は放課後、その公園をいつもたまり場にしている。

「だから、いったじゃん。宿題やんなきゃなんないんだってば！」

とアンズタケがいいはった。

「あんた、どうしちゃったのよ?」ジーナが腹立《はらだ》たしげに食ってかかる。

アンズタケが威圧的《いあってき》な目をジーナにむけた。

「ジーナ、学生なら当然でしょ！」

いくら大人数でいるほうが安全だっていっても、ジーナたちのけんかが終わるのをそばで待ってるなんて、ルルは落ちつかなかった。ワゴン車はいつのまにか近くに停車し、中から、黒いつなぎを着たブロンドのたくましい男がふたりあらわれ、こっちに近づいてくる。ルルとフレンチーは、そばにいた、バス停にむかう男の子たちのグループに近づき、その中にまぎれこもうとした。

ところがこんどは、こっちのグループまで動かなくなった。本格的《ほんかくてき》な、どつきあいをはじめたジーナとアンズタケのけんかに引きよせられている。

「うーっ！　女の戦いだ、いいぞー！」

男の子のひとりがさけぶと、すぐにやんややんやの大さわぎになった。

ほかにどうしていいかもわからず、ルルとフレンチーは男の子たちのそばに残って、なりゆきを見まもった。あの男たちが消えてくれたらいいのに……ルルは心の中で祈《いの》った。とにかく気が気じゃないし、ほんとなら今は最高の時間になるはずだった――これはジーナ軍団《ぐんだん》の終わりのはじまりを告げているかもしれないのに。その時間がだいなしだ。

ルルの祈《いの》りが聞きいれられたのは、婦人警官《ふじんけいかん》があらわれたときだった。

「もうじゅうぶんよ、いいかげんにしなさい！」

婦人警官《ふじんけいかん》が命令しながら、大またでジーナとアンズタケのほうにむかってきた。

ルルの目に、男たちがさわぎの場から少しうしろにさがっていくのがちらっと見えた。

警官《けいかん》に姿《すがた》を見られたくないらしい。今がチャンスとばかりに、ルルはフレンチーの手をつかむと、反対方向にダッシュして、公園の中にむかった。

「ルー、あいつらがあたしたちのことつけてたなんて、じっさいにはわかんないでしょ?」つぎの日の休み時間に、フレンチーが指摘《してき》した。

「まあ、そうだけど」ルルもしかたなくみとめた。

「でも、たしかにそんな感じだったもん。これからあの男たちにはじゅうぶん気をつけるようにする」

フレンチーもそれは賛成《さんせい》だった。

「それでもまあ、あいつら、あたしたちの住んでるとこはどっちも知らないんだよ。っていうか、あたしたちの知ってるかぎりじゃね」

「このままなにごともなくいたかったら――イタッ!――注意しなくちゃ……」

女の子のグループが熱中している雑誌《ざっし》の表紙から、ヴァラミンタが流し目を送っているのが目にとまって、ルルはおなかをかかえてかがみこんだ。またあの、胃がとびだしそうな感じがする。『ファッション・ポリス』を見てショック療法《りょうほう》にしようとしたのは、けっきょくきかなかったってことだ……。

「だいじょうぶ？」とフレンチー。

「あ、うん、へいき」ルルは体を起こした。

このことはフレンチーにだっていえない。だってそんなの、恥《は》ずかしいったらない。でももっと問題なのは、症状《しょうじょう》がよけいひどくなってることのほうだ。じつは、お医者さんに相談に行けたらって思ってる。ほんとにひどい恐怖症《きょうふしょう》にかかってて、精神科《せいしんか》のお医者さんに診《み》てもらう必要があるのかもしれない……それとも、ひょっとしたら『アップル・スター』に、なにか恐怖症《きょうふしょう》をなおすレシピがある？　けど、もしあったとしたら、たぶんカサンドラが必要で、そのカサンドラは、無神経《むしんけい》にもほどがあるってくらい、完全に音信不通だ。まったく、信じられない！

そのとき、ルルの思いが中断《ちゅうだん》された。

顔を赤くしてこうふんしたグリニーがかけよってきて、となりにすわったからだ。

「聞いて、ふたりとも。信じられない話なんだけど、わたし、やっぱり転校しないことになりそうなの！」

すると不安だらけのルルも、グリニーのこぼれそうな喜びについ圧倒《あっとう》されて、彼女《かのじょ》を抱《だ》きしめた。

「ああ、グリニー、よかった！」

「ゆうべ、お父さんお母さんと話しあったの」とグリニーが楽しそうにつづけた。

「このごろジーナとアンズタケがわたしにかまわなくなって、軍団《ぐんだん》は分裂《ぶんれつ》したみたいになってるっていったら、もう、ふたりとも勇気百倍なの。アンズタケがガリ勉になったって聞いて、信じられないって顔してた！」

フレンチーがルルをひじでつついて、

「ほんと、すごいびっくりだよね」と調子をあわせた。

ルルも、思わず笑顔になった。中庭のむこうに目をやると、ジーナ・レモンが低い壁《かべ》にのってはとびおりるのを、しきりとくりかえしている。

「あたしは今ひとりでいたいの、そこんとこヨロシク」って感じに見せようと、必死みたいだ。ルルはそんなジーナを、なんとなくかわいそうに思った。あのパイ先生のちょっとした授賞式《じゅしょうしき》のせいで面目《めんぼく》まるつぶれになったジーナには、他の子をからかうネタはなにも残っていない。アンズタケははなれていったし、極悪《ごくあく》キャラのジーナにほれこんでいた、キャラとメルも、極悪《ごくあく》じゃなくなったジーナには今じゃよりつかなくなっている。おかげでジーナは、やたらとみじめな姿《すがた》ばかりが目につく。

「それでお父さんとお母さん、フェレッツモア校にもう一度チャンスをあげようって決めたってわけなの」とグリニーがいった。

「じゃあ、お祝いしなきゃだね！」とルル。

「ねえ、もうすぐ中休みで、一週間お休みになるじゃない……ふたりともうちに泊《と》まりにこない？」

「やったー！」フレンチーがこうふんして声をあげた。

「ああ、ありがとう、ルー。すごく行きたいんだけど、でも、だめなの。出かけることになってるんだ」そういってグリニーは立ちあがった。

「ねえ、またあとで……みんなにも話してこなきゃ……じゃあね！」

「ワオ」グリニーがいなくなると、フレンチーがいった。

「すごくない？」

「うん」と、うっとりしたようにルル。

「あのね、あたし今の聞いて感動しちゃった」

「そりゃそうだよ！　だって、ぜんぶルーのおかげなわけでしょ？　もう、モーレッツほめられて当然だよ」

「ううん、それだけじゃないの。うまくことばにできないんだけど、なんか……自分に力があるって感じるんだ。すごくいい意味で。けど、フレンチーがいなきゃできなかったんだよ。ねえ、フレンチーは泊《と》まりにきてくれるよね？」

「えっと……うん、行く！」

「よかった。うちは日曜まで出かけないから、きっとだいじょうぶ」

第十四章　消えたリンゴ

ルルは、うきうきハミングしながらブラウニーとジュースをのせたトレイをもって部屋に入り、トレイを落としそうになった。パソコンの画面にヴァラミンタを見つけたからだ。フレンチーが『ファッション・ポリス』のウェブ放送を見ている。

「もーっ！　なんでそんなのつけてんのよ？」

ルルはわめいた。おなかの中がよじれてこわばっていく。

「やだ！　射撃練習《しゃげきれんしゅう》におもしろいかと思って、つけてただけだよ。見てて」

フレンチーが口からガムをとりだし、画面にむかって投げつけた。ガムはヴァラミンタの背中《せなか》にまともに命中した。

「アハハ、ナイスコントロール！」

と大声をあげてフレンチーがとびはねる。

「ようし、ルーの番だよ！」

ルルはトレイをおろし、おなかをおさえて顔をしかめた。

「えっと、あのさ、あたしおなかぺこぺこなの。食べようよ」

フレンチーは肩《かた》をすくめて、パソコンを〝節電《せつでん》モード〟にした。

「なら、まあいいや」といってすわると、ブラウニーに手をのばした。

ルルは、痛《いた》みがおさまるまで、しばらくはなにも食べられないとわかっている。

「おっとっと！」とからかうようにいって、お皿をわきにどけた。

「いいこと思いついた。別のゲームしよう。あたしがいったとおりにして、点数をかせがなきゃいけないってやつ。じゃあ、ほら、物まねやって！」

「オーケー、ひとつあるよ」といってフレンチーが立ちあがった。しかめっ面をして前かがみになり、部屋のなかをドタドタ歩きだす。ルルはすぐに床《ゆか》の上で笑いころげはじめた。

「すごい、似《に》てるー！」と大声をあげる。だれがどう見たってジーナだ。

ふたりでかわるがわる物まねをすると、そのたびにどんどんまねがオーバーになっていって、すぐに大爆笑《だいばくしょう》になった。ついにへとへとになってぐったりたおれこみ、ふたりでブラウニーをたいらげた。フレンチーが天窓《てんまど》から星にじっと目をこらす。

「あそこの……あれが」といって星を指さした。

「そう?」

ルルは首をふった。

「ううん。もっとずっと右に動いちゃってるよ……わかる?」

といって〈真実の星〉をさししめした。

「十二番めに明るい星って感じで、それより暗いふたつの星がかならずそばに寄《よ》りそってるの」

「で、ほんとにあの星がルーに話しかけてるって思ってんだ?」

フレンチーがまたクスクス笑いだした。

「ごめん、今ちょっとふざけたい気分ってだけだから」

ルルは笑いをかみころした。

「わかってる、ばかげて聞こえるもんね。でも、ちがうよ。もちろん、話しかけてくれるって、そのまんまの意味じゃない。ただ、あたしが直感にしたがうのを助けてくれるみたいな感じなんだ。どうやってかっていうのは、ちゃんと説明できないけど……とにかくそうなの。今じゃ、空がくもってるときでも、あの星に考えを集中できるようになったんだよ」

「それで……あっちにあるのが金星《きんせい》だよね？　あれはすぐわかる」とフレンチー。

「ヴィーナス、宵《よい》の明星《みょうじょう》ともいうんだよ」

そういってルルは、フレンチーに金星《きんせい》の別名を思いださせた。

「リンゴの星。ほら、だからアンブローシア・メイはあの本に『アップル・スター』って名前をつけたの」

「うん、知ってる、ヘスペリデスの園のリンゴだよね」

前にカサンドラが話してくれたギリシャ神話、「ヘラクレスの十一番めの大仕事」を思いだして、フレンチーがいった。このときのヘラクレスの仕事は、宵《よい》の明星《みょうじょう》、ヘスペロスという英語名のもとになった、ヘスペリデスという三人の妖精《ようせい》から黄金《おうごん》のリンゴをぬすんでくることだった。リンゴは百の頭をもつ竜《りゅう》に守られていたため、この仕事は不可能《ふかのう》だと考えられていた。

「ううん、ただ神話との関係のことといってるんじゃないの」とルル。

「もっと深い意味があるんだ。気づいたのは、あのキューピッド・ケーキのごたごたのあとなんだけどね。アップル・スターっていうのは愛の星で、あの本のレシピは、みんな愛が理由になってるの」

フレンチーが眉《まゆ》を寄《よ》せた。

「どういう意味？」

ルルはごろんと寝返《ねがえ》りをうつと、ひじをついて上半身を起こした。

「要《よう》は、なんでレシピを使うのかってことなんだ。使うときは愛が動機《どうき》になってなきゃいけないの。ロマンチックな意味じゃなくて、人を大事に思うって愛のことだよ。心から大事に思うってこと。あの本が悪の手にわたったら、なんでレシピがちゃんときかないか、今ならわかるんだ。もしレシピをなんか他の理由で、たとえば恐怖心《きょうふしん》とか、憎《にく》しみとか、お金のためとか……ただの好奇心《こうきしん》で使ったとしたって、魔法《まほう》は堕落《だらく》したものになって、悪い結果に終わるの。だからあのキューピッド・ケーキのときは、計画どおりにいかなかったんだ。あたしがケーキをつくったいちばんの理由が、不安だったから」

「ならミラクル・クッキーは？」

「うん、あのときも少しは不安とか、ヴァラミンタが嫌《きら》いだからっていうのがあったのはみとめる――たぶんそれで、とちゅうひとつかふたつの障害《しょうがい》があったんじゃないかな――けど、ほとんどはパパへの愛でしたことだもん」

「じゃあ、使った人間の目的が悪ければ悪いほど、結果も悪くなるってことだ」

と、フレンチー。

「そのとおり」

「げーっ。そのアンブローシアなんとかってば、もうちょっと危険《きけん》の少ないのを思いついてもよさそうなもんじゃん！」

「ちょっと、そんなに彼女《かのじょ》を責《せ》めないでよ！」ルルは反論《はんろん》した。

「やれるだけのことはやってくれたんだから。それにコピーできないようにしてあるじゃない……あれなんか、天才的なアイディアだよ」

「なにが――できないって？」

「いわなかったっけ？　あ、そうだ、フレンチーはいなかったんだ。夏休みのあいだに発見したの。すごいんだよ！　あのね、あたし、本をそっくり書きうつそうって決めたの。そしたら予備《よび》をもっておけるじゃない？　念のためにね。それで最初のレシピをうつしたんだけど……そしたらどうなったと思う？　あたしの目の前で消えはじめたの！　ノートから完全に消えちゃったんだよ」

「冗談《じょうだん》でしょ」

「ちがうってば。でね、つぎはパソコンでためしたんだけど聞いてくれる？　〝保存《ほぞん》〟をおしたとたん――シューッ！　消えちゃったの。最初に〝印刷〟もためしてみたけど、やっぱりいっしょ。ほら、信じられないっていうなら、見せてあげるよ」

そういってルルは立ちあがると、中をくりぬいた百科事典《ひゃっかじてん》がおいてある、机《つくえ》の上の棚《たな》にむかった。そして事典《じてん》をとりだし、中を開いた。すると……。

あまりのショックに、ルルは恐怖《きょうふ》の悲鳴をあげた。百科事典《ひゃっかじてん》がルルの手からキーボードの上に落ち、パソコンがうめくような不吉《ふきつ》な音をあげて、ふたたび起動した。

フレンチーがぱっと立ちあがった。

「なんなの、ルー？」

少しのあいだルルはぼんやりとフレンチーを見つめていた。パソコン画面にアップでどってきたヴァラミンタが、小ばかにしたように笑っている。

「『アップル・スター』が――」ついにルルは、やっとの思いで口にした。

「消えてる」

第十五章　しおれた花

「わかった、落ちついて」

パソコンの電源《でんげん》を切りながらフレンチーがいった。そしてポケットから風船ガムをふたつとりだし、ひとつをルルに手わたした。

「かんたんに説明つくはずだよ。そこにもどしたのはたしか？」

「もちろん、そのはず！」ルルは腕《うで》をばたつかせながらいいはった。

「どうしよう！」

「わかった。最後に使ったのはいつ？」

「決まってるじゃん。頭をよくするやつ、つくったときだよ――ナ、ナ、ナゲット！」

ルルはことばをつっかえながら、部屋の中を行ったり来たりした。

「うーんと……あれは、たしか……二週間前？」とフレンチー。

「えっと、そのくらい」

「ほんとにそれから一度も出してないの？」

ルルは考えこむようにガムをかんだ。

「うん、ぜったいまちがいない。どうしよう、ぬすまれたんだよ！　じゃなきゃ、なんでこんなことになるの？」

「オーケー、パニクんないで。まだほかの可能性《かのうせい》がぜんぶ消えたってわけじゃないんだから」

「たとえば？」

「たとえば、ルーのお父さんかアイリーンがもってるとか」

「なにいってんの？　よしてよ。ふたりがこんなふうに、勝手にもってっちゃうわけないじゃん」

フレンチーがメガネの位置をなおした。

「あたしは、結論《けつろん》をいそぐより、まずはたしかめてみるべきだと思うけど」

ルルはぐったりとベッドにすわりこんだ。

「ほんとにそう思う？」

「ルー、考えてもみなよ。この何週間か、ルーはたぶん、今までよりたくさんの料理をしてきたんだよ。それに屋根裏部屋《やねうらべや》にかくしてる秘密《ひみつ》の材料とか、庭にはえてるへんてこな植物とかのせいで——」

「そうだ、庭だ！」とつぜんルルはさけんで、すっくと立ちあがった。

「ルー、まっ青だよ——なんなの？」

「先週、いたの……アンドレアスって人が。どうしよう！　思ってもみなかった……」

ルルはだまりこんだ。そしてフレンチーのほうをむくと、しんこくな顔で説明した。

「先週、代理の庭師《にわし》って人が来たの」

「うそ……」と暗い声でフレンチー。

「それで……こっからが最悪のとこなんだけど、あたし、その人に見おぼえがあったの。でも……そのときは知ってる人だってわかんなかった、はっきりとは。ただ、なんとなく見たことあるなって思っただけで——ほら、そういうことってときどきあるでしょ？　けど気にもならなかった……あのときあたしはナゲットの準備《じゅんび》してて、頭の中はテストのことでいっぱいだったし、アイリーン宛《あ》てのあの手紙のこともあったし——」

「ルー、前にその男とどこで会ったの？」

「男じゃないの、フレンチー……女なの。グロドミラだったの」

フレンチーが息をのんだ。

「まさか！」

「ううん、そのまさかなの。それにアイリーンがいってたこと、おぼえてる？　グロドミラが今もヴァラミンタのとこで働いてるって。これでつじつまがあうよ……。もう、あたしってば、なんてバカだったんだろ？　あのはればったい目に気づくべきだったのに……。あの目が、彼《かれ》の……ううん、彼女《かのじょ》の帽子《ぼうし》にほとんどかくれちゃってたけど、少しは見えてたのに。けど、目以外は完全に別人みたいだった。顔中ひげもじゃで……だからあのでっかくてみっともないほくろが見えなかったんだ。ほくろがあったら、はっきりわかったはずだもん。あのメイクはぜったいプロの仕事だよ」

「ヴァラミンタはメイクのことだけはくわしいもんね」とフレンチー。

「たぶんあの人なら、まるまる一冊《いっさつ》メイクアップ・アーチストの番号がつまった電話帳をもってるよ」

「でも目っていうのは、ほんとには変えられないとこだよね？」

そういいながら、今ではルルの胃の中がいっそうむかついている。

「ううん、でもやっぱりあれは彼女《かのじょ》だったんだ。おんなじ背《せ》の高さ……それに今思えば、おんなじ声だったもん。けどどうやってアイリーンに気づかれずに二階にあがって、コソコソかぎまわったんだろ？」

「もしかしたらアイリーンが出かけるのを待ったのかも」

「うん……でもそれなら、アイリーンがカギをかけたはずだよ。コスタスがグロドミラにカギをわたしたわけないし——もともってないもん。あの人は庭の裏口《うらぐち》から出入りしてるだけだから……やだ、思いだした。グロドミラなら、合いカギの入ってる引き出しを知ってたはず！　たぶんアイリーンが二階にいるあいだに、キッチンにしのびこんでカギをとったんだ」

「ならチェックしなきゃ。合いカギがまだそこにあるかどうか。ほら、見てきなって。あたしはここで、もうちょっと考えてみるから」

下にむかいながら、ルルの頭の中ははげしく回転していた。じゃあ、ヴァラミンタを見るたんびに、あのえたいの知れない胃の痛みにおそわれていたのは、このせいだったんだ！　直感《ちょっかん》を信じて、あれが警告《けいこく》だって気づくべきだった……なのにあたしはただのノイローゼだって決めつけて、無視《むし》しちゃってた。ヴァラミンタとトーキルが『アップル・スター』をよこせってつきまとわなくなったからって、あのふたりのことはもう安心だなんて錯覚《さっかく》して……。それにテレビタレントになったヴァラミンタは、もう気持ちを切りかえてるって信じこんでた。でもわなだったんだ。それこそまさに、敵《てき》の思うつぼだったのに！

それであたしは、カサンドラからおそわった侵入者《しんにゅうしゃ》よけの魔法《まほう》の儀式《ぎしき》のことを、すっかり忘《わす》れちゃったんだ。前に植えた小さな花があったのに……。あたしがほかの植物のほうにばっかり気をとられていて、ほったらかしにしちゃったから、今じゃしおれてしなしなだ。おまけに、家のまわりにまくための特別な液体《えきたい》を入れたびんがあったけど……そのびんがどこにあるかさえ、今じゃあやふやになってる。

「カギはまだあった」部屋にもどると、ルルはフレンチーに報告《ほうこく》した。

「ちがう、またもどったんだよ。ルーがそういうんじゃないかって、うすうす感じてたんだ。だって、そりゃそうだよ。グロドミラは、うたがいをもたれるようなことはしたくなかったはずだもん。だから『アップル・スター』をぬすんだあと、たぶん裏口《うらぐち》のカギを中からかけて、合いカギをもどしたんだよ。それで、そのあときっと窓《まど》からぬけだしたかなんかなんだよ」

ルルは天窓《てんまど》のほうに近づいた。

「やだ……ちゃんとしまってない」

「ほらね」

「でも屋根の上だよ！」

とルルは反論《はんろん》した。いまだに信じられずに、頭がくらくらしている。

「まさか……」

「彼女《かのじょ》はずっと準備《じゅんび》してたんだよ。それに、そっからなら家の裏《うら》に出られるし」とフレンチー。

ルルは少しのあいだ考えた。

「じゃあ、うちは泥棒《どろぼう》に入られたってことじゃない！　あたし、ぬすまれた物があるってパパにいう――なんでもいいよ――そしたらパパが警察《けいさつ》に通報《つうほう》してくれるもん。コスタスに連絡《れんらく》とって、グロドミラの居場所《いばしょ》をつきとめてくれるよ」

「ルー、本気でいってんの？　コスタスがグロドミラに電話すれば、それですむってほんとに思ってるわけ？　そんなわけないじゃん！　コスタスが聞いてる、そのにせのアンドロスだかなんだかの番号が何番か知らないけど、そんなのもう通じないってば！　それに住所なんか知ってるわけないよ。ルー、現実《げんじつ》を見なきゃ。あたしたちで本をとりかえす方法を見つけるしかないんだよ」

第十六章　赤いスイーツ

夜ふかしして楽しくおしゃべりしなかったお泊《と》まり会なんて、ルルははじめてだった。今回はおしゃべりなんて楽しいものじゃなくて、むしろ〝朝まで討論会《とうろんかい》〟。しかも、きわめつきの討論会《とうろんかい》だ。

ルルはものすごく大きなものを失ったように感じていた。まるでだれかがやってきて、体から大きなかたまりを切りとっていってしまったような気がする。今になってようやく気づいた。『アップル・スター』とママは、もうルルの想像《そうぞう》の中でほとんどひとつになっていたってことに。あの本にあった『ルルへ』、『ママより』って手書きのことばが、ほんとにママからだって保証《ほしょう》はないけど、それでもやっぱり、もう一度ママを失ったような気がする。

「どうしよう、フレンチー」ルルは思いつめたようにいった。

「パパとあたし、明日外国に行っちゃうんだよ！」

「心配ないって。たった三泊《ぱく》でしょ？　どっちみち、こんどのことは綿密《めんみつ》な計画が必要なんだもん。なにも、すぐに『アップル・スター』をとりもどせるってわけじゃないんだから」

そのとおりだとは思っても、やっぱり不安が頭からはなれない。ルルは手をもみしぼるようにして部屋の中を歩きまわった。

「でもどうなるの、もし……っていうか、ひょっとしたら彼女《かのじょ》が……」

「ねえ、まず本をとりかえすことを考えようよ。その前にどうなるかなんて考えて、おかしくなってる場合じゃないんだよ」とフレンチーがさとした。

「とにかく計画をねることに集中しなくちゃ。まず、ヴァラミンタの家におしいるのは、危険《きけん》すぎるってことで意見はおんなじだよね？」

「そりゃそうだよ。それにどうせ、ヴァラミンタは本を厳重《げんじゅう》に保管《ほかん》してるにきまってるもん。けど、あの人の住所は手に入れなきゃ」

「じゃあ、メモしたほうがいいよ」とフレンチー。

そうしてふたりは、〈自分たちにできることリスト〉をつくることにした。

ルルは歩きまわるのをやめてペンをとった。

「あーあ、せめてフレンチーがケータイもってたら、あたしが留守《るす》のあいだも話しあいだけはできるのに」

「今そのためにお金ためてるとこだよ。ねえ、集中！　ヴァラミンタはどうやって材料を手に入れるつもりかな？」

ルルはペンをほうりだした。

「カサンドラと話さなきゃ！」

ところが、携帯電話《けいたいでんわ》でかけてみて、しょげかえった。またしても留守電《るすでん》のメッセージが流れたからだ。

「カサンドラ、たいへんなことが起きたの」と、低くふるえる声で吹《ふ》きこんだ。

「できるだけ早く電話して。すごく心配なの！」

そして電話を切り、ときどきカサンドラが何週間も音信不通になるのを思いだして、うろたえた。

「どうしよう、フレンチー。彼女《かのじょ》、カイロにいるかなんかなのかも。何週間も行ったっきりかもしれない」

「うーん」とフレンチーが考えこんだ。

「もしかしたらこれって偶然《ぐうぜん》じゃないのかも……」

「どういう意味？」

「カサンドラの家であたしたちを追っかけてきたあの男——あの男とヴァラミンタには、なんか関係があるのかも。ひょっとしてあの女が、あたしたちを尾行《びこう》させたんじゃない？」

ルルは眉《まゆ》をひそめた。

「ううん。カサンドラが、あれはぜったいあたしを追ってきた人じゃないっていってたの、おぼえてない？『だれかはちゃんとわかってる』って、そういってた。『あたしからすべてをうばえるって考えてるやつだよ』って」

「たしかにそうだね。それに、もしあれがルーや『アップル・スター』と関係あるんなら、どんなことしたってカサンドラがルーに危険《きけん》を警告《けいこく》して、どうすればいいかアドバイスくれたはずだもんね」

「そうだよ」そういってルルはため息をついた。

「けど、やっぱりあの日のことが頭からはなれない。カサンドラは、あんなことはしょっちゅうあるみたいに笑いとばしてたけど、きっとなにか悪いことが起きたんだよ、そんな気がする」

「かもしれない。きっとそうだよ。じゃなきゃ、わざわざあんな秘密《ひみつ》の壁《かべ》とかつくったりしないだろうし」

「とにかく、前の留守電《るすでん》メッセージも、送った手紙も、彼女が受けとってないのはたしかだよ」とルルは指摘した。

「もし受けとってたら、まちがいなく連絡《れんらく》くれたはずだもん」

「その点は当たってるね。オーケー、ほかにあたしたちでできることは？」


午前二時近くになってようやく眠《ねむ》りに落ちたふたりは、朝の十時まで寝《ね》ていた。フレンチーが帰ると、ルルはパパとの三泊旅行《さんぱくりょこう》のために、しかたなく荷づくりをはじめた。ぐったりしながら荷物をいくつかバッグにほうりこむものの、心ここにあらずだ。ゆうべ、ルルの〝いざってときのための〟スイーツをなにかに使おうと話しあったけど、ふたりともあまりにくたくたで、具体的な使い道までは考えつかなかった。

霊媒《れいばい》サワー、心霊《しんれい》スイーツ、ひそやかブラウニー……。

「ルル？」といいながら、パパがドアから頭をつきだした。

「あと二十分で出るぞ……ちゃんと荷づくり、すましといてくれよ」

「うん、わかった」ルルは、あんまりふさぎこんで聞こえないように気をつけた。

「パパはちょっとおとなりにカギをおいてくるよ」

「オーケー」

パパがいなくなるのを待ってルルは屋根裏《やねうら》にあがり、スイーツでいっぱいの洋服ダンスをあけた。少なくともここは荒《あ》らされていない。ひそやかブラウニーの箱も、霊媒《れいばい》サワーと心霊《しんれい》スイーツのびんも、万事《ばんじ》問題なし。

ルルは香《かお》りのいい赤いスイーツのびんを手にとった。「極悪《ごくあく》トーキル」とひとりごとをつぶやく。もう一度あの子の裏《うら》をかくことができたら、どんなにすばらしいだろう。『アップル・スター』を引きわたせって何度も脅迫《きょうはく》してきたときのあの子は、ずいぶんとあたしを苦しめてくれた。それに、あの子にこのスイーツを使う利点は、戦わずにすむってことだ。だってこれを使っても、あの子はなにが起きてるか知りもしないんだもん。もちろん、あの子の考えてることをぬすみ聞きできたとしたって、聞く価値《かち》のあるものなんか、なにもないってこともありえる。

トーキルの脳《のう》みその中がどうなっているのか、一瞬想像《いっしゅんそうぞう》して、ルルはぶるっと身ぶるいした。でも、ヴァラミンタにスイーツを食べさせられる可能性《かのうせい》はゼロなわけだし、もしかしたらあのペテン師《トリックスター》みたいな息子が、『アップル・スター』をとりもどす方法について、決定的な手がかりをくれるかもしれない。あたしたちにとって、ヴァラミンタのつぎにその可能性《かのうせい》があるのが、あの子だ。これはペテン師《トリックスター》のためのお菓子《かし》……。

「そうだ！」ルルは声に出していった。

お菓子《かし》をくれなきゃ、いたずら《トリック》するぞ……その手があった。ハロウィンまであとたった五日。それまでには旅行から帰ってくる。どうしたらいいかはまだよくわからないけど、ハロウィンを口実に、仮装《かそう》して夜に出歩けることで、捜査《そうさ》を開始する絶好《ぜっこう》のチャンスになるはず。

まだ手おくれでなければいいんだけど……最後にそんなことを思いながら、ルルは暗い気持ちになった。

第十七章　秘密《ひみつ》の手紙

「ルー、話したくてうずうずしてたんだよ！」

電話のむこうからフレンチーの息せき切った声がした。

ルルは、パパが廊下《ろうか》で郵便物《ゆうびんぶつ》をあけているあいだに、いそいで階段《かいだん》をのぼりだした。旅行から帰ってまだコートも脱《ぬ》いでいない。フレンチーと話したくてたまらないからだ。

「あたしもだよ……ねえ、だれかさんからはまだ連絡《れんらく》がないの」

「カサンドラ？」

「うん」

「そっか、それはまずいね。けどとにかく、あたしちょっと調査《ちょうさ》してみて、役に立つ情報《じょうほう》しいれたの」

ルルはいそいで部屋に入ると、ドアをしめた。

「ほんと？　どんな？」

「ほら、トーキルに心霊《しんれい》スイーツ食べさせるってアイディアあるじゃない？」

この件《けん》については日曜日、旅行に出る前に、ルルがいそいでフレンチーに電話しておいた。

「それで、うちの近所にユアンって子がいて……。その子がトーキルといっしょに学校に通ってんの」

「そうだ、あの子のこと、すっかり忘《わす》れてた」とルル。

「ついさっき、その子とハロウィンのことしゃべってたんだけど」

とフレンチーがつづけた。

「なんだと思う？　彼《かれ》が遊び仲間と〝お菓子《かし》をくれなきゃ、いたずらするぞ〟ってねり歩くらしくて、トーキルもいっしょだってわかったの。けど、七時までは出かけないって。トーキルがそれまでは家にいて、〝ガキンチョども〟がお菓子《かし》をくれって来たときに、その子たちをこわがらせたいからって。ああ、ガキンチョっていうのはトーキルのことばね」

「わあ、お手がらだね、フレンチー……ねえ、それって、いかにもあの子っぽくない？」

「だね。けど、よかったでしょ？　だってそれって、七時前なら、あたしたちがハロウィンの仮装《かそう》して、お菓子《かし》ちょうだいってトーキルのとこに行けるってことだもん」

「そうだね。それで心霊《しんれい》スイーツあげられるもんね。ちょっとあべこべだけど、だいじょうぶ。問題は、あの子がすぐにスイーツを食べるように、手を打たなきゃってことだね」

「わかってる。そこんとこは、もうちょっとよく考えないと。それから、あいつが一個《いっこ》も人にあげないようにしなきゃ」とフレンチー。

「けど、それはそんなむずかしくないよ。トーキルのことならわかってるもん。まあ、用心するにこしたことはないね。うーんと……」

「ヌードル？」下からパパが呼《よ》んでいる。

「なにやってるんだ、おまえを待ってるんだぞ！」

「しまった！」ルルはフレンチーにいった。

「ねえ、もう行かなきゃ。いつまで待たせるんだって思われちゃってる――今行くー！アイリーンがごちそう用意してくれてるの。まだろくにあいさつもしてなかった」

「行って。また明日話そう！」

ルルは頭の中を整理しようとしながら、ゆっくりと下にむかった。前進はしてるみたいだけど、やっぱりカサンドラのことがすごく心配……彼女《かのじょ》のことでなにができるか、まだなにも思いうかばない。

アイリーンはほんとうにうれしいびっくりを用意しておいてくれた。ルルがキッチンに入ると、ちょうどロウソクに火をつけ終わってパパにワインをそそいでいるところだった。

「あら、ルー、さあ来て！　すわって食べて」

「ワオ、アイリーン、すごいごちそうじゃないか！」とパパが熱っぽくいった。

そして特大の車エビにかぶりついた。

「うーん、うまい！」

「気に入ってくれてよかった！　ルーはどう？」

「おいしい。けど、アイリーンのお料理はいつだっておいしいよ」

あたしのだって――けど、今はもうつくれないんだ……。ルルは悲しい気持ちでそんなことを思った。

「じつはこれ、わたしを泊《と》めてくれてありがとうって感謝《かんしゃ》の気持ちなの」とアイリーン。

「ご厄介《やっかい》になるのはもうすぐおしまい――ついにアパートが見つかったみたいなの」

パパが、髪《かみ》をうしろになでつけた。まるで今のアイリーンのことばで、最近ふさふさになった髪《かみ》のことを思いだしたみたいに。

「ああ、そうか――そりゃきっと……えっと……うれしいだろうね……」

パパががっかりしているのが声でわかった。アイリーンがうちで働くのまでやめちゃったら、もっとがっかりするんだろうな……。ルルはみじめな気分だった。

「……でもアイリーン、ほんとに、きみはなんの借《か》りもないんだよ」とパパがいっている。「ぼくらは心から……きみがうちにいてくれてほんとにうれしかったし……エヘン、とくにルルが……。つまり、ルルにとってはすごくありがたかったんだ……。ほら、身内がふえたみたいなもんだったからね。お姉さんとか……」

〝母親とか〟とつづけようとしたことばを宙《ちゅう》ぶらりんにしたまま、パパは口ごもり、おどけることでそれをとりつくろおうとした。

「ヘイ、アイリーン、こんな料理つくってくれるんじゃ、きみを手ばなすわけにはいかなそうだな、ハハハ——な、ヌードル？」

「う、うん」ルルは力なく返事をした。

パパがルルを見た。

「ぐあいでも悪いのか？」

「ううん」といってルルはつくり笑いを浮《う》かべた。

「ほんとに？」とアイリーン。

「この二、三日、えらく無口なんだよ」とパパ。

「ルル？　アイリーンにもっとうちに泊《と》まっててほしかったんだろ？」

「ううん、パパ、ほんとにへいきだから。ただちょっと頭が痛《いた》くて、それだけ」

ルルはうそをついた。

「そうだ、アイリーン、忘《わす》れないうちにいっておかないと。きみ宛《あ》ての手紙があったんだ。見たかい？」

アイリーンがフォークをおろしてまっ赤になった。

「ほんとに？　見、見てないわ。どこかしら？」

「ついさっき郵便物《ゆうびんぶつ》をあけてて見つけたんだ。廊下《ろうか》のテーブルにおいといたんだけどな」

そういってから、パパはアイリーンの動揺《どうよう》に気づき、こうつけくわえた。

「心配ないさ、こんどはあけてないから……このあいだのも、読んではいないんだ。あれはまちがっただけ、約束するよ」

「あら、わかってます、そんなつもりじゃ……ごめんなさい、ふたりとも。ちょっと見てきていいかしら？」アイリーンがナプキンで口をおさえて、立ちあがった。

「どうぞ、どうぞ」とパパ。

ルルはドキッとした。あの求人広告の件《けん》だ！　数秒後、廊下《ろうか》からへんな音がした。かん高くさけぶみたいな声。

パパがイスをさっとおしもどす。

「アイリーン、だいじょうぶかい？」

少しのあいだ、返事がない。そして、アイリーンがもどってきた。手には、封《ふう》をあけた手紙をにぎり、ぼうぜんとしたようすで、ぼんやりと目を見はっている。

パパが立ちあがり、彼女《かのじょ》に近づいた。

「なにか悪い知らせだったのかい？」

「いいえ！」すぐさまアイリーンがこたえた。

「いいえ、ちっとも……ご心配なく」

そういって手紙をポケットにおしこむと、またテーブルについた。そして、

「さあて！　お味はいかが？」と明るくいった。

「アイリーン！」ルルは大声をあげた。

「なんだったの？　なんの手紙？」

アイリーンは一瞬《いっしゅん》ためらってから、肩《かた》をすくめた。

「ああ、べつに……ただの当選のお知らせ、それだけよ」

ルルの胸《むね》が不安でいっぱいになる。

「まさか宝《たから》くじで百万ポンド当てたなんていわないだろうね？」とパパ。

「いえ……」

ルルは待った。お願い、はっきりいって！

「……宝《たから》くじとか、百万ポンドとか、そんなんじゃないんです。ちょっとした賞品ってだけで、百ポンドにもならないんですよ」

けっきょくアイリーンはそうしめくくった。今ではにこにこ笑っている。

「まあともかく、それはじゅうぶんお祝いする理由になるんじゃないかな」

といいながらパパがワイングラスをもちあげた。

「おめでとう！」

ルルはあぜんとしていた。どう考えたらいいんだろう？　アイリーンは先生になるのをかくしておく気なの？　だとしたら、なんで？

「ルル？」グラスをかかげたまま、パパがいった。

「あ、うん」ルルはしかたなく水の入ったグラスをもちあげた。

「おめでとう」

夕食後、ルルは旅行の荷物を整理してから、いくらか時間をかけてハロウィンの計画について書きとめた。分きざみで、慎重《しんちょう》に計画をねっていく。なにひとつ失敗はゆるされない。

するとまたしても、下から呼《よ》ぶパパの声にじゃまされた。

「ルル、電話だぞ！」とさけんでいる。

びっくりして腕時計《うでどけい》を見た。もう十時近い。

「今行くー！」ルルは大声で返事をした。

電話はまたフレンチーからだった。

「ルー、月曜の新聞に、すっごいおそろしいもの見つけちゃったの」

とフレンチーがひそひそ声でいった。

「なに？」

「あ、だめだ。お母さんが電話切れって。ねえ、その新聞、古新聞の山から回収《かいしゅう》してあるから……明日うちに来るでしょ？　そのとき見せるよ」

「けどフレンチー」

「ねえ、ほんとに行かなきゃ。今すぐ電話使うって、お母さんがいいはってるの……じゃあね！」

あー、もうっ！　その〝おそろしい〟ものって、いったいなに？

気がつくとルルは、「なんでケータイもってないのよ！」って、心の中でフレンチーに文句《もんく》をいっていた。こういう文句《もんく》をいったのは、はじめてじゃない。月曜の新聞をさがしに行ってみたものの、見つからなかった。フレンチーに折《お》り返《かえ》し電話もしてみたが、夜おそくなっても、まだお話し中だった。

しかたない。〝おそろしい〟ものの正体を知るには、明日まで待つしかない……。

第十八章　アップル・スターの行方《ゆくえ》

「ほら、早く見ようよ！」

フレンチーの部屋にこもり、声を聞かれる心配がなくなったとたん、ルルはじれったそうにせかした。

フレンチーが引き出しから新聞の切りぬきをとりだした。「ほら」といって、今にもつかみかかりそうなルルの手に、それをおしこんだ。

はじめルルは、フレンチーがなにをいいたいのかわからなかった。切りぬきは『ファッション・ポリス』の広告で、番組のシリーズがはじまる前からあちこち出ている、ほかの広告と似ていた。こんどのは〝ポリス〟のかっこうをしたヴァラミンタの顔写真を大きく使い、右下に『ファッション・ポリス』の文字、その下に番組情報《ばんぐみじょうほう》がのっている。

ところが広告文を読んだとたん、フレンチーがなにをそんなにこうふんしているのか、はっきりとわかった。広告にはこう書かれている。

アッと、そこの一般ピープ**ル**！

せこい庶民《しょみん》**スタ**イルは

そっこ**ー**でブタ箱入りよ！

★

そういう人、知りあいにいない？

あたしのすてきな番組で料理してあげるから

材料《ネタ》があったら、電話して。

0870-XXXX　ヴァラミンタまで

ルルは息をのんだ。ここにこめられたメッセージは、はっきりわかる――『アップル・スター』はもっている、でも材料をどこで手に入れたらいいかがわからない。手を貸《か》してもらえるなら、連絡《れんらく》して――そういうことだ。

「とにかく、これではっきりしたね」

頭の中が整理できると、すぐにルルはいった。

「これまでは、本がほんとにヴァラミンタにぬすまれたのかどうか、はっきりしないところがあったけど、これで決まりだよ。それから、これが出たのは月曜っていったよね？」

「そう」

「もうだれかから連絡《れんらく》があったかも……けど、正直、カサンドラみたいな人がほかにいるなんて、あたしには想像《そうぞう》できない――よりによって、こんなの見て連絡《れんらく》する人なんて。ほんとにそんな人、いると思う？　それにいたとしたって、『アップル・スター』がなんのことか、知ってると思う？」

「ああいう材料をもってる人が、カサンドラしかいないって決めつけることはできないと思うけどな」

とフレンチーがいった。

「それに、もしほかにいるとしたら、『アップル・スター』のこと聞いてる可能性《かのうせい》がすごく高いと思うよ」

ルルは広告を見つめたまま、信じられない思いで、ゆっくりと頭をふった。

「ところで、〝庶民《しょみん》〟ってなに？」

「ああ、調べたけど――ヴァラミンタみたいなお高くとまったやつが、いかにも使いそうなことば。下々《しもじも》の者って意味」

ルルは少しのあいだ考えた。

「ねえ、あたしたちがその番号に電話しちゃうっていうのは？　えっと、声を変えるとかして……材料をもってるみたいなふりするの。それで、ヴァラミンタを——わかんないけど、どっか、からっぽの倉庫かなんかにおびきよせて——わなにかけたら、一丁あがり！『アップル・スター』はあたしたちのものだよ」

フレンチーが非難《ひなん》がましく眉《まゆ》をつりあげた。

「ルー！　それってなんか、スパイ大作戦って感じで、現実的《げんじつてき》じゃないと思わない？」

ルルはぷりぷりしながらこしに手をあてた。

「なんでよ？」

「ならいうけど、まずひとつ、それって、家の電話とかケータイからじゃ、かけられないじゃん」

「え、なんで？」

「だって、そんなのできっこないよ。ヴァラミンタが発信元つきとめちゃうかもしれないもん」

「あ……」

「それに、連絡するなら、こっちはなんかニセの住所を考えなきゃなんないし。しかも、助けてくれる人だって必要になる。まさか、あたしたちだけでわなにはめられるなんて、本気で考えてんじゃないでしょうね？　それに、だれが助けてくれるっていうの？」

ルルは降参《こうさん》とばかりに両手をあげた。

「わかった、わかった、みとめるよ。よく考えたってわけじゃないんだから」

そういってため息をついた。

「あーあ、いざってときのためのレシピに、怪力《かいりき》マフィンつくれなかったなんて、ほんと残念」

「ほんとだね。まあ、今ごろカビだらけになってただろうけど」

「すごかっただろうなあ……」

ルルはいつのまにか、空想の中に入りこんでいた。怪力《かいりき》マフィンでヘラクレスなみにパワーアップしたルルとフレンチーが、ハロウィンの仮装《かそう》をしてヴァラミンタとトーキルを追っかけ、正真しょうめいのスーパーウーマンみたいに敵《てき》をやっつける……。

つくれなかったレシピのことを考えると、今の状況《じょうきょう》が絶望的《ぜつぼうてき》だってことに気づかされ、よけいに胸《むね》が痛《いた》くなった。霊媒《れいばい》サワーと心霊《しんれい》スイーツを使うちっぽけな計画が、なさけないほどおそまつに思える。新聞の切りぬきから見つめる、ヴァラミンタ・ガリガリ・モージャの、優越感《ゆうえつかん》たっぷりのあざけるような顔のせいで、こっちのへなちょこぶりをますます痛感《つうかん》してしまう。この人があたしの大事な本をもってる……。まったく、正義《せいぎ》もなにもあったもんじゃない。

『わたしのかわいいルルへ』、『ママより』ってサインの入ったあの本を……。ルルは吐《は》き気《け》がした。

「フレンチー、もう一回いってくれる？　あたしが信じられるように」

いいながら、ルルの目に涙《なみだ》があふれてくる。

「本をとりもどせるっていって」

「とりもどせるよ、ルー。約束する」

その晩《ばん》、ルルは自分の部屋ですわって、〈泥《どろ》だらけの長ぐつをはいたママ〉の写真を暗い顔で見つめていた。前にフレンチーと、ヘスペリデスという三人の妖精《ようせい》について話したのを思いだした。アンブローシア・メイは『アップル・スター』の中でこの妖精《ようせい》のことにふれ、本の持ち主であるルルは、「その世界に足をふみいれて秘密《ひみつ》を知る」数少ない者のひとりだと書いていた。

「アンブローシア・メイは、あの三人の妖精《ようせい》が実在《じつざい》したっていってんのかな？」

あのとき、フレンチーはそういっていた。

「たとえば、三人がルーの祖先《そせん》かなんかとか？」

そしてルルは、自分も同じことを考えたし、やっぱりそうかもしれないとこたえた。

「そのまんまの意味ってことじゃないよ。もちろん、あれは神話だもん。けど、たぶん昔、どっかのふしぎな園に暮《く》らして、『アップル・スター』の秘密《ひみつ》をにぎってる三人の女の人がいたんだよ。それで、ひょっとしたらあたしは、その中のひとりの子孫《しそん》なんじゃないかな」

「ってことは、ルーのお母さんもってことだよ」そうフレンチーはいっていた。

今、ママの写真を見つめながら、そのときのことばがルルの頭の中をかけめぐっている。またも、心にぽっかりと大きな穴《あな》があいた感じがした。

ドアをノックする音がした。パパだった。

「ヌードル、今アイリーンとおしゃべりしてたとこなんだ。ちょっと下に来てくれないか？」

ああ、いよいよだ……。立ちあがってパパのところに行きながら、ルルは思った。パパが「おしゃべり」ってことばを使うときには、なにかある。それも、きまって悪いニュースってことだ……。

「……それで、なんていうか、これはほんとにすごいチャンスなんです」

学校の仕事に応募《おうぼ》したいきさつをすっかり説明しおわると、アイリーンがいった。

ルルは目の前をぼうぜんと見つめていた。

「じゃあ、昨日の手紙はそれだったの？」

「えっと、ええ……でも、応募者《おうぼしゃ》はきっとたくさんいるだろうって思ってたから。正直、まさか自分が受かるなんて思ってもいなかったの。だから手紙をもらったとき、すっかりおどろいちゃって……」

「それは見てわかったさ！」とパパがいった。

「……それに、実感がわくまで時間も必要だったの。どうしたらいいか答えが出せるように。じつは、みんなかったことにして忘れたいって思ってる自分もいたし。それで手紙のこと、すぐにふたりにはいわなかったの」

少しのあいだ、ちんもくが流れた。

「まあ……やってみるべきだよ」

ついにパパがいった。そしてため息をつき、指で髪をすいた。

「ルルもぼくも……その……ほんとにきみを失いたくはないけどね」

ルルは、パパの声が少しかすれているような気がした。パパが立ちあがり、部屋の中をうろうろと歩きだす。

「でも……きみは若《わか》いんだ！　頭がよくて、能力《のうりょく》もある。きっと、その学校が期待してるいちばん大事な要素《ようそ》が、きみにはあったんだ……」

ルルは顔をゆがめた。パパってば、アイリーンのために喜んでるみたいに見せようと、あそこまでがんばる必要があるの？

「これはすばらしいチャンスだよ」と、やたらと熱心すぎる声でパパがいっている。

「このチャンスをいかさないなんて、どうかしてるってもんさ――」

そのとき、アイリーンがわっと泣きだした。

「マイケル、この決断《けつだん》がどれだけつらいものだったか、あなたにはわからないのよ！　あなたたちのために働いてた毎日を、わたしが大事に思ってなかったなんて、おぼわだいでぐだざいー！」

アイリーンはティッシュをとりだすと、その中に顔をうずめて泣きじゃくった。

こんなのつらすぎる……。

ルルもすぐに泣きだした。アイリーンがルルを抱《だ》きしめ、ふたりはそろっておいおい泣いた。

しばらくのあいだ、きまり悪そうにつっ立っていたパパが、やがて泣きじゃくるふたりを残して部屋をとびだしていくのに、ルルはぼんやりと気づいた。

みんなあたしのせいだ。あたしのくだらないウィッシュ・チョコなんかなければ、こんなことにはならなかった！　今では、アイリーンのためにあのスイーツをつくったことが、人生最悪の決断《けつだん》に思える。

なにが、人のためにいちばんのことをする、よ！　じゃああたしはどうなるの？　パパのいうとおりだ。

アイリーンはお手伝いさんっていうよりお姉さん――ううん、大好きな親せきのおばさんみたいな人だもん。なのに、今、そのアイリーンがいなくなろうとしている。

あたし、どうかしてたんだ、そうにきまってる。
ルルはひとりごとをつぶやいた。

第十九章　ハロウィンのメッセージ

ついに勝負の日、ハロウィンがやってきた。

学校が終わってルルがフレンチーを連れて帰ると、「びっくりすることがあるの」とアイリーンが宣言《せんげん》した。

「ジャジャーン！　ルー、どう、これ？」そういって仮装《かそう》用《よう》の衣装《いしょう》をもちあげた。

「わあ、すごい！」とフレンチー。

「気に入った？　もちろん、あたしが自分でデザインしたのよ！」

ルルは衣装《いしょう》を受けとって、自分の体にあててみた。ゾンビ用の衣装《いしょう》で、血のりのついたビクトリア朝ふうのドレスに、ズタズタに裂《さ》いたモスリンがいくすじも長くのびている。

「ワオ、映画《えいが》からとびでてきたみたい！　死ぬほどイケてるね」

「そうよ、ゾンビだもん。死ぬほどイケてるでしょ！」とアイリーンが笑った。

「ルーのあのゾンビのマスクにあわせるのが、なんか必要だと思ったの。それにほら、お菓子《かし》を入れておけるように、ちゃんと深いポケットもついてるのよ。さあて、夕食のしたくをつづけなきゃ。着がえてきて、それ着たとこ、見せてちょうだい！」

「うん、ありがとう、アイリーン。これ、ほんとにすてきだよ！」

そういってルルは衣装《いしょう》をもち、フレンチーと二階にあがった。

「そんな長いスカートで、だいじょうぶだといいんだけど」

ルルの部屋に入るなり、フレンチーがいった。

「だってほら、いっぱい走ったりとかしなきゃなんないかもしれないし」

「うーん。あたしもそう思う……けど、こんなのつくってくれるなんて、アイリーンって、すごくやさしくない？」

「もちろんだよ。ねえ、アイリーンはほんとにルーのことが好きなんだよ。それは変わらないって」

ルルは、アイリーンが新しい仕事をえらんで先生になるって決めたことを、フレンチーに話していた。

「これからだって会えるし――ほら、アイリーンはオーストラリアには帰んないんだよ。そのことに感謝《かんしゃ》しなきゃ！」

「わかってる。これまでとおんなじじゃないってだけ、それだけだよね」

そういってルルは腕時計《うでどけい》をチェックした。

「さあて、あと一時間半でしたくして、ごはん食べて、出かけなきゃ。着がえはもってきてるよね？」

「もちろん！」

フレンチーがバックパックからフランケンシュタインの衣装《いしょう》とマスクを引っぱりだした。マスクは、トーキルのところに行くときの変装用《へんそうよう》に、なくてはならないものだ。

「オーケー」と、フレンチーがメガネの位置をなおした。

「もう一回おさらいしとこう。あたしたち、ひそやかブラウニーをもっていくけど、すぐには食べない……」

「そのとおり」といってルルは確認《かくにん》リストをとりだした。

「ブラウニーは声を消すわけじゃないけど、トーキルのとこ行ったときに、あたしたちに変わったとこがあるのはいやだから。あの子があやしむかもしれないもん」

「……それから、霊媒《れいばい》サワーを食べるのはあたし」とフレンチーがつづけた。

「そうすれば、ルーが〈真実の星〉からの信号を受けとるのに集中できる――」

「もしなにか信号があれば、だよ！」

ルルは、今のピンチから救ってもらえるだけのこまかな指示《しじ》を、導《みちび》きの〈真実の星〉からちゃんと受けとれるのかどうか、かなり不安だった。それでも、やるだけのことはやってみようと心に決めている。

「それから忘《わす》れないで」とルルはつけたした。

「トーキルんとこに行ったら、しゃべるのはぜんぶフレンチーだよ。あたしの声を聞かれるわけにはいかないもん。正体を見やぶられちゃうかもしれないから」

フレンチーがうなずいた。

「オーケー。でさ、あたし、このあいだからずっと考えてたんだ。トーキルにさっさと心霊《しんれい》スイーツ食べさせて、ほかの子にあげないようにする方法。ぜったい重要だもん。たぶん、あいつは友だちがひとりかふたりいっしょだし、もしふたり以上がスイーツ食べちゃったら、ぜんぶめちゃくちゃになっちゃう」

「そうだ、ほんとそうだよね！」いそいでゾンビ服に足を入れながら、ルルはいった。

「今だって、フレンチーはかわいそうなのに。トーキルの頭ん中に入って、腹黒《はらぐろ》いあの子の考えにおそわれるだけだって、じゅうぶんひどいもん。それが、ほかの子の分までごたまぜになったら――頭おかしくなっちゃうよ！」

「そのとおり。けど、前にルーが指摘《してき》してたとおり、あいつは欲《よく》ばりだから、〝ほかの子にあげないようにする〟ってとこは、そんなにむずかしくないはず。それに、いいこと思いついたんだ。ルーがアイリーンにつくってあげたウィッシュ・チョコがヒントになったの。あいつの分、スイーツは三つで足りるかな？」

「あ……一個食べたら願いごとがひとつかなう、みたいな話にするってこと？」

といいながら、ルルはドレスを肩《かた》の上まで引っぱりあげた。

「うん、足りると思う――『アップル・スター』で確認はできないけど……」

最後は、がっかりしたようにことばがとぎれた。

「オッケー、あいつ、願いごと三つ、ぜったいぜんぶひとりじめしたがるはずだよ。こっちがそうしろっていわなくってもね。それで、スイーツはハロウィンに食べなきゃダメ、さもなきゃ願いごとはかなわないっていうの」

「もし四、五時間のあいだ食べなかったら？」

フレンチーがからかうように片方《かたほう》の眉《まゆ》をあげた。

「冗談《じょうだん》でしょ？　あいつなら即行《そっこう》で食べるよ、保証《ほしょう》する。よし、じゃあ、つぎ。あたしたちはハックニー地区に行かなきゃならない……やだ、ずいぶん留守《るす》にしちゃうよね？」

「うん。けど、うちはだいじょうぶ。パパには、あたしたちはパーティーに行って、帰りは送ってもらえるってことになってるの。あたしはケータイがあるし、だからすっごく遅《おそ》くなっちゃったとしても、いつだってできとうにいいわけできるよ」

ルルは、携帯電話《けいたいでんわ》をドレスのポケットにすべりこませた。ほかの荷物はすべて、フレンチーがバックパックに入れてもっていくことになっている。ふたりとも着がえ終わると、霊媒《れいばい》サワーと心霊《しんれい》スイーツ、それにひそやかブラウニーをとりに、屋根裏部屋《やねうらべや》にあがった。

三種類のスイーツをバックパックに入れ、念のため、予備《よび》の心霊《しんれい》スイーツと霊媒《れいばい》サワーをいくつか、ルルのポケットに入れた。

屋根裏《やねうら》からおりるとき、屋根《やね》のたいらな部分に面した小窓《こまど》から、フレンチーが外に目をこらした。そして足を止めた。

「あのネコ、あそこでなにしてんの？」

「え？」ルルも外を見た。

ネコがこっちを一心に見つめかえし、ルルにむかってミャーオという。ふいにルルは、恐怖心《きょうふしん》で胸《むね》がいっぱいになった。

「うそ、フレンチー！　あれ、ただのネコじゃない……カサンドラのネコだよ！」

フレンチーがはっと息をのんだ。

「やだ、ほんと……ラムセスだ」

ルルは見おぼえのあるつやつやの茶色いネコを中に入れるため、ふるえる手で窓《まど》をあけた。ラムセスは、これまで見たどんなネコともあまりにもちがう。

「どうしよう」ルルはつぶやいた。

「カサンドラがピンチなんだ……やっぱりそうだったんだ！」

首輪をチリンチリンいわせながら、ラムセスが中にとびこんできた。そして目の前の階《かい》段《だん》に立ち、ゴロゴロと大きくのどを鳴らして、ルルのモスリンのスカートにさかんに体をこすりつけてくる。

「見て——首になにかついてる」

ルルが窓《まど》をしめ、かがんでさらに近づくと、鉛筆《えんぴつ》けずりくらいの小さなロケットペンダントがついていた。そしてロケットには、目の絵が描《か》かれていた。

フレンチーがとなりにひざまずく。

「これってエジプトの女神ウアジェトの目だ……魔《ま》よけ用だよ」

ルルがロケットをひっくり返すと、横に小さな留《と》め金《がね》があった。留《と》め金《がね》をもちあげると、ロケットが開く。ラムセスは目のさめるようなシルバーブルーの目で、ルルの動きをじっと見つめている。

「中になんか入ってる！」

ルルは、きれいにじゃばらに折られた小さな紙をとりだし、広げて中のメッセージを読んだ。

もしこれがあんたのもとにとどいたとしたら、あたしが危険《きけん》にさらされてるってこと――おそらくあたしのいとこマーフィン・ロッシャーから。彼《かれ》を見つけて。そうすれば、あたしが見つかるよ。

カサンドラ

第二十章　心霊《しんれい》スイーツ

「マーフィン」

ルルがささやくと、そのことばが、夕方のひんやりした空気にひとすじの白い息を形づくっていく。食欲《しょくよく》はすっかり消えうせ、アイリーンが用意してくれた夕食は、つつきまわしただけで終わっていた。今はフレンチーとふたり、ついに危険《きけん》をかくごでラムセスのうしろにしたがい、どこへとも知らないところにむかっている。ラムセスがルルを見つけたことで、急きょ、すべてが変更《へんこう》になった。『アップル・スター』をとりかえすのはあとまわし。カサンドラを見つけないと。大事なのはまず、それだ。

「マーフィン」フレンチーもおうむ返しにいった。

「昔、カサンドラの予言をばかにしたやつだよ。『耳の中を風が吹《ふ》きぬけた』って」

「フレンチー、きっとあの日の男だよ。あたしたちを追っかけてきた男」

「さもなきゃ、あいつの共犯者《きょうはんしゃ》――それに、学校からあたしたちをつけてきた、あのワゴン車の男たち……きっとあいつらもマーフィンとつながってるんだ」

と、フレンチーがつけくわえた。

「やっぱりルーのいうとおりだったんだよ。あのときはカサンドラがなんとかふりはらったけど、もしかしたらまたあいつがもどってきたのかも。わかんないのは、なんでかってことだよ」

そこでフレンチーが急に立ち止まり、つられてルルも足を止めた。ラムセスがたたずみ、「早く行こう」という顔でふたりを見あげている。

「オーケー、これからどうするか、ここで真剣《しんけん》に考えなきゃ」

「どういう意味？」わけがわからず、ルルはきいた。

「ラムセスのあとについていくんでしょ？」

「ルー、この子があんたを見つけるのに、どれだけ時間がかかったと思ってんの？ルーがカサンドラに電話したのは——土曜だよね？」

「そうだよ」

「今日は金曜……もしかしたら、ここまで来るのに一週間かかってるかもしれないんだよ。本気でこのままネコにくっついて、えんえんと歩きつづけるつもり？」

「まあ、いわれてみれば、ちょっとばかげてるかも」とルルもみとめた。

「もちろん、時間もかかりすぎだし。それに、カサンドラに起きてることと、『アップル・スター』の材料をほしがってたヴァラミンタの広告には、なんかつながりがあると思わない？」

「けど、さっきフレンチーもいったけど、あたしが電話してカサンドラが出なかったのは土曜だよ」とルルが指摘《してき》する。

「あの広告は月曜まで出てないじゃない」

「たしかに……でもやっぱり、トーキルのとこに行くべきだと思うな。時間もかかんないし、なにが見つかるかわかんないでしょ？　ハロウィンの仮装《かそう》して、あいつのとこに行くチャンスは、もうまる一年ないんだよ」

「わかった。じゃあ、ラムセスをいっしょに連れていこ」とルル。

「もちろん。さあ、いそごう」

　少し先に、その家を見つけた。ハロウィンの装《よそお》いでほぼ完全に姿《すがた》を変えているのは、通りでその一軒《いっけん》だけ。近所の家では、カボチャの中身をくりぬいた、おかしなちょうちんをひとつふたつ外に飾《かざ》るだけで満足しているのに、トーキルは手のとどくところすべてに、スプレーでクモの巣を描《か》いていた。前庭は中世ふうの墓地《ぼち》に変えられ、玄関《げんかん》そばのどこかからはドライアイスの煙《けむり》までもうもうと出ていて、ハロウィンの衣装《いしょう》を着た小さな子どもたちが、大はしゃぎでその玄関《げんかん》に近づいていく。

「たいしたもんじゃん」とフレンチーが舌《した》をまいた。その声が、フランケンシュタインのマスクの中で、こもって聞こえる。

「うん」玄関《げんかん》があくのを見ながら、ルルはこたえた。

「けど、トーキルのことだもん、あんな飾《かざ》りつけしてたって、もっとずーっと意地の悪いもんがひそんでるはずだよ」

まるでそのことばが聞こえたかのように、子どもたちのひとり、スパイダーマンのかっこうをした小さな男の子が、血もこおるような悲鳴をあげた。それが引き金になっていっしょにいた子どもたち全員が、スパンコールのついたマントをはためかせて、門のところで待つ心配顔の母親のもとへと庭の小道をかけもどった。

「いったとおりでしょ?」とルル。

「イ――ヤ――ア――!!」

いちばん小さな子がさけびながら母親の腕《うで》にとびこんだのと同時に、スパイダーマン姿《すがた》の子が「ママ、ヌルヌルだった！」とわめき、残りの子が母親のうしろでちぢこまった。

「なんて恥知《はじし》らずなの！」母親がトーキルにむかって金切り声をあげた。

「なにが？」と、戸口からトーキルがしらばっくれた顔でこたえた。

「その子たちが『いたずらがいいか、お菓子《かし》がいいか』って選ばせるから、いたずらしてあげたのに。お菓子《かし》がほしいだけなら、最初からそういえばよかったんだ！」

「そういうもんじゃないでしょ、わかってるくせに！」ショック状態《じょうたい》でさわぐ子どもたちの声にかき消されまいと、母親が必死に声をはりあげた。

「勝手にいってれば！」捨《す》てゼリフを吐《は》いて、トーキルがドアをしめた。

母親が子どもたちを連れて、ルルとフレンチーのほうにずんずん歩いてくる。そして、

「あの家には行っちゃだめよ！」と警告《けいこく》した。

「ママ、ヌルヌルだった！」とスパイダーマンがくり返す。

「どうしたんですか？」ルルはきいてみた。

「あの子が、子どもたちに袋《ふくろ》をさしだしたのよ。ハロウィンなら、お菓子《かし》を入れておくのが常識《じょうしき》なのに……」

「ヌルヌルだった！」とまたしてもスパイダーマンがさけぶ。

「なんか……ナメクジみたいだった！　たぶんナメクジだよ、ママ！」

「心配しなくていいのよ、あんないやなとこには、もう二度と行きませんから」

母親がなだめるようにいい、子どもたちを連れて行ってしまった。

フレンチーがバックパックから三つの心霊《しんれい》スイーツを出してルルに手わたし、ふたりは勇《いさ》んでトーキルの家のほうにむかった。ところが、急にラムセスが動かなくなり、カサンドラの家にいやなお客が来たときと同じように、敵意《てきい》むきだしのうなり声をあげはじめた。

「このネコ、たしかに人を見る目があるよ」とルル。

「ここにいてもらおう」

ラムセスが背中《せなか》を弓なりにして毛を逆立《さかだ》てているのを見て、フレンチーがいった。

「この子なら待っててくれるよ」

家に近づくと、ふたりの姿《すがた》はほとんどドライアイスの煙《けむり》に飲みこまれた。今、玄関《げんかん》のドアは少しだけあいている。中からは、ヒューヒューうなる風とキーキーきしむちょうつがいの効果音《こうかおん》が聞こえてくる。またトーキルと顔をつきあわせるのかと思うと、ルルは少し胸《むね》がムカムカしたし、つんとするドライアイスのにおいと、ゾンビのマスクの中の汗《あせ》ばんだゴムくささとで、よけいに吐《は》き気《け》がひどくなる。それでも前に突進《とっしん》し、ドアベルを鳴らした。ドアが大きく開き、血のりの海の中に横たわる〝死体〟があらわれた。片腕《かたうで》を切りおとされ、片方《かたほう》の目玉がとびだしてぶらぶらしている死体だ。トーキルはまちがいなく、ホラーのテーマをとことん追求しているらしい。そのとき、トーキル本人がドアのうしろからいきなりあらわれ、ルルとフレンチーはぎょっとしてとびあがった。

くじけるな……ルルはしきりと自分にいい聞かせながら、マスクの穴《あな》からトーキルを観察した。トーキルはドラキュラ伯爵《はくしゃく》のかっこうをしている。極悪《ごくあく》な吸血鬼《きゅうけつき》――なんてこの子にぴったりなんだろう!

「それで?」とトーキル。

「いたずらがいいか、お菓子《かし》がいいか!」フレンチーが大声でうたうようにいった。

トーキルがあたりをきょろきょろ見る。

「なんだ、チビはいっしょじゃないのか?」

「そう……これはちょっと変わったハロウィンの訪問《ほうもん》だから」

フレンチーがわざと低い声でいった。やたらと神秘的《しんぴてき》で、カサンドラっぽい声にしようとしているのが、ルルにはわかる。フレンチーが一歩前に出た。

「お菓子《かし》をあげる……特別なお菓子《かし》だよ！」

つむじ風の音が、フレンチーががんばって出そうとしている神秘的《しんぴてき》な雰囲気《ふんいき》を、みごとに高めている。ルルは緊張《きんちょう》のあまり笑いたくなるのをおさえた。

トーキルがふたりを横目でじっと見る。

「どう特別なんだよ？」

ルルは、香《かお》りのいい、つやつやの三つの心霊《しんれい》スイーツをさしだした。

「三つの願いをかなえてあげる！」とフレンチーがつづける。

「スイーツひとつにつき、願いごとをひとつ……でも、食べずにいつまでもほうっておくのはダメ。なぜなら……」と、そこでせきこんだ。

ドライアイスを吸《す》いこんでしまったらしい。

「……なぜなら……」

またしてもフレンチーがせきこんだ。しかもこんどは、さっきよりはげしく。

トーキルがうすら笑いをうかべた。

「なぜなら、なんなんだよ？」そういって、かわりにいえよとばかりに、ルルを見た。

ルルは、トーキルに声がばれるといけないから、口をきくまいと必死でだまりこんでいる。ああ、お願い、フレンチー！　フレンチーをせきの発作《ほっさ》から立ちなおらせようと、ルルは強く祈《いの》った。

「エヘン、なぜなら、このスイーツはハロウィンに食べないといけないから」

ついにフレンチーがいった。

「さもないと、願いごとはかなわないよ！」

ルルは手をいっそう高くあげて、バラのように赤いスイーツをトーキルの鼻先に近づけた。トーキルがルルを見る。マスクの中が見えてるんじゃないだろうか……ルルは不安になった。

「ふん！」とトーキルが鼻で笑った。

「くっだらない！」

「なら、ぼくがもらうよ」

トーキルのうしろから声がしたのと同時に、さっきの〝死体〟が、自分の役目を忘《わす》れて起きあがった。

「だめだ、そうはさせない！」ぴしゃりといって、トーキルがスイーツをつかみとる。

「これは、おれのだ！」

「でも忘《わす》れないで」とフレンチー。

「かならず今夜食べること！」

「わかった、わかった」トーキルが、ドラキュラのズボンのポケットにスイーツをすべりこませる。そしてうしろに手をのばし、小さなビニール袋《ぶくろ》をさしだした。

「じゃあこんどは、そっちがお菓子《かし》をもらう番だ！」と宣言《せんげん》して、にやりと笑った。

「えんりょしとく」間髪《かんぱつ》いれずにフレンチーがこたえた。そしてルルをひじでつついた。

「さあ行こ」

「ケッ、そりゃ残念」

というトーキルの声を聞きながら、ルルとフレンチーは出ていこうと背中《せなか》をむけた。

数秒後、ルルは、足もとの地面が動くのを感じ、バランスを失って、フレンチーといっしょに庭の小道めがけて、三段《だん》の石段《いしだん》をまっさかさまに落っこちた。

「ハッハッハ！」ふたりのあわれな姿《すがた》に、トーキルがおなかをかかえて笑いだす。

地面に落ちるなり、ルルはふたつのことに気づいた。まずひとつ。ふたりが落ちたのは、足もとの細長い人工芝《じんこうしば》のせいで、もうもうとたちこめるドライアイスにかくれていたその人工芝《じんこうしば》を、ふたりをはらい落とすためにトーキルが引っぱったらしいってこと。そしてふたつめ。ゾンビのマスクが思いっきりななめになってるってことだ。ルルはマスクをまっすぐなおそうと必死になりながら、同時に、かさばってすそを引きずるモスリンのスカート姿《すがた》で、なんとか立ちあがろうともがいた。片手《かたて》でドレスをもちあげ、もう片方《かたほう》の手でマスクをもとにもどすと、フレンチーを追ってよろよろと庭の小道をもどった。

よかった。フレンチーは無傷《むきず》らしい……。ふたりが退散《たいさん》するうしろで、キーキーきしむちょうつがいとヒューヒューうなる風の効果音《こうかおん》が、トーキルの意地の悪い笑い声と混《ま》ざりあっていた。

第二十一章　霊媒《れいばい》サワー

ルルとフレンチーは、ありったけの威厳《いげん》をかき集めて歩きつづけ、交差点までたどり着くと、角を曲がった。そして、ホッと大きくため息をつきながらマスクをとり、庭先の壁によりかかって呼吸《こきゅう》がととのうのを待った。ラムセスが待ってましたとばかりに、小走りでかけよってくる。

ルルは顔をしかめて足をつかんだ。

「イタタタタ！」

「やだ、ルー、だいじょうぶ？」

「うーん……まあ。すねをぶつけちゃっただけだから」

「あたしはひじ打った」といいながら、フレンチーがマスクをバックパックにおしこんだ。

「ったくもう、久《ひさ》しぶりに会ってもあいつって、ちっともまともになってなくない？」

「ほんと……ねえ、フレンチー、あの子に顔見られなくて、ほんとよかった——っていうか、あんまりは見られてないってことだけど。だって、もうちょっとでマスクがとれるとこだったんだよ！」

「心配ないって。たいして見えてないよ。あんなドライアイスだらけだったんだもん」

「ふーっ。けどまあ……そんなにまずいことにはならなかったよね。じゃあ、こんどはフレンチーが霊媒《れいばい》サワー食べる番だよ。心霊《しんれい》スイーツにあわせて、三つ食べないと」

フレンチーがバックパックから緑色のスイーツをとりだした。

「オーケー、じゃ、いくよ！」そういって、ひとつめをぽんと口にほうりこんだ。

「い――っ！　す――っ！　うーっ、すっぱい！」

その味に慣《な》れようと、フレンチーの口がすぼまり、ほっぺたがくぼんでいる。

「三つも食べなきゃいけないの？」

「ごめん。できることなら自分でやるんだけど――」

「ううん、いいの」フレンチーがきっぱりといった。

「だいじょうぶ、ほんとに……まがじで！」

「そのサワーはすごくすっぱくなきゃダメなんだ。心霊《しんれい》スイーツの甘《あま》さとつりあいがとれるように」とルルは説明した。

「ぜんぶ中国の陰陽思想《いんようしそう》っていうのに関係あるの。カサンドラが説明してくれたんだ……

ああ、フレンチー、サイアクだよ……カサンドラが一週間も前につかまったかなんかかもしれないのに、あたし、なにもしなかったんだもん！」

「ルーは知らなかったんだから。彼女《かのじょ》がなにも問題ないっていったんだよ、おぼえてる？」

「わかってる。けどやっぱり、〝すべてをうばいたがってる〟って人のこと、カサンドラから聞かされたとき、気づくべきだったたって気がする」

フレンチーがルルの腕《うで》に腕《うで》をからめた。

「ルー、そんなに自分を責《せ》めないで。とにかく――」

そういって、ラムセスにむかってうなずいた。

「今、なんとかしようとしてるんだから」

ルルは心配そうにため息をもらし、ラムセスをじっと見た。

「とにかく、手おくれじゃなきゃって願ってる」


しばらくラムセスのあとについて歩いていると、ルルとフレンチーは、ネコがまちがいなく東にむかおうとしているんだと気づいた。ということは、またハックニー地区に連れていくつもりなんだ……。そこで、時間を節約するため、ふたりはネコを抱《だ》きあげてバスに乗った。

「はい、ひそやかブラウニー」

座席《ざせき》につくなり、ルルはフレンチーにブラウニーをひとつ手わたした。

「ありがと。ねえ、ネコの分もよぶんにある？」

ラムセスが興味津々《きょうみしんしん》で鼻をくんくんやっている。

「うん。ネコがブラウニー食べるなんて聞いたことないけど、でもこの子、なんだって食べてやろうって感じだね、かわいそうに。ほら、ネコちゃん、ネコちゃん！」

ラムセスがさらに鼻を近づけ、ルルがさしだしているブラウニーをぺろぺろなめだした。

そのとき、ラムセスの首のロケットが目にとまり、ルルはこうつけくわえた。

「これ、はずしとこうかな。ジャラジャラ鳴らないように――」

「うわっ！」

とつぜん、フレンチーがさけびながら、ルルの腕《うで》をつかんで座席《ざせき》からはねあがった。

「フギャー!!」ラムセスが金切《かなき》り声《こえ》もろとも、ルルのひざからとびおりた。

ぎょっとして、ルルはブラウニーの入った袋《ふくろ》を床《ゆか》に落とした。

「フレンチー！　どうしたの？」

フレンチーが両手で頭をかかえこむ。

「どうしよう、はじまった……トーキルがあたしの脳《のう》みそにちょっかい出してる！」

ルルはまっ赤になって、こっそりバスの中を見まわした。むかいの座席《ざせき》のおばあさんが、こっちを見つめ返している。フレームの大きなメガネのせいで、非難《ひなん》めいたフクロウみたいに見える。ルルは笑ってごまかし、ブラウニーを床《ゆか》からひろいあげた。さいわい、まだ袋《ふくろ》に入ったままだ。ラムセスが前の座席《ざせき》の下から、大きく見開いた目でルルをじっと見ている。

「だいじょうぶよ、ネコちゃん！」

ラムセスの警戒心《けいかいしん》をやわらげようと、ルルはささやきながら手をのばした。

「おいで、おいで！」

そして、ついにラムセスが前に進みでると、すぐさまひざに抱《だ》きあげた。

ところがフレンチーは、背《せ》すじをぴんとのばして体をこわばらせている。今やその顔は、ハロウィンでおそろしい目にあったみたいに、ゆがんでかたまっていた。

「だいじょうぶ？」とルルはささやいた。

フレンチーはうなずいたものの、なおも、とんでもなくまずい物を食べた直後みたいな顔をしている。

「うん……へいき。ま――まかせて」つぶやいたその声に説得力はない。

ルルが身を寄《よ》せる。

「おしえて……なにが聞こえる？」

フレンチーがだらしなく口をあけ、眉間《みけん》にしわを寄《よ》せて集中する。

「オーケー、えっと……こういってる……ああ、もうっ！」

「なに？　おしえてったら！」

「ごめん」

フレンチーが大声でいった。やかましい音楽に負けじと、声をはりあげてる人みたいだ。

「けど、あたしがしゃべろうとするたんびに……ちょっと待って……」

ルルの腕《うで》の中で、ラムセスが体を緊張《きんちょう》させた。ルルはネコをしっかりと抱《だ》きしめた。

「フレンチー、たのむからちょっと――」

「……あたしがひとつのことをいおうとするたんびに、ほかのことが通りぬけてくの」

ルルはまたしてもあたりに目を走らせ、〝フクロウおばあさん〟を見て、ビクッとした。

おばあさんが頭をふり、いらだたしげに舌打《したう》ちした。

「フレンチー、気づいてないと思うけど」とルルはひそひそつぶやいた。

「声がおっきすぎなんだってば。あっちのおばあさん、フレンチーがどなって《バーキング》るって思いこんでるよ！」

フレンチーが立ちあがった。

「バーキング？　バーキングっていったらエセックスだよ！　おりなきゃ。あたしたち、行きすぎちゃってる！」

ああ、もう、なんてことしちゃったんだろ？　ルルは、自分のかわりにフレンチーにめんどうな仕事をさせてしまったことに、今では罪《つみ》の意識《いしき》を感じていた。フレンチーを引っぱり、もう一度座席《ざせき》にすわらせる。

「すわって！　あたしはただ、声を落としてっていおうとしただけ」

と、ゆっくり、はっきり発音した。

「え？　おっと！」とフレンチーが片手《かたて》をぴしゃっと口にあて、

「ごめん」とこんどは小声でいった。

「ねえ、あたし、ちょっとのあいだ話しかけないから、わかった？　だからフレンチーも、あたしになにもいわなくていい。とにかく時間かけて慣《な》れて」と、ルル。

フレンチーがこしを落ちつけ、深呼吸《しんこきゅう》した。

「うん、そうだね……慣《な》れなきゃ」

そういって、少しでも早く慣《な》れようとするみたいに目を閉《と》じた。

「こんなの、どうやったら慣《な》れるっていうの？」とひとりごとをつぶやく。

「あいつってば、下水管みたいな頭ん中なんだもん！」

ルルは唇《くちびる》をかみしめた。

「えーと、あともうひとつ」と、しばらくしてつけくわえた。

「重要なことだけおしえて、わかった？」

「もちろん」いいながらフレンチーはなおも目を閉《と》じていた。

第二十二章　イバラの道

三十分後、ふたりはハックニー地区に到着《とうちゃく》した。すると、ひそやかブラウニーの効果《こうか》が本格的《ほんかくてき》にあらわれた。バスをおりるふたりからは、まさに、足音ひとつしない。服がこすれる衣《きぬ》ずれの音さえ、おどろくほど、かんぺきに消えている。まるでルルとフレンチーが、人間版《にんげんばん》ヌキアシサシアシ・クリロウに変身したみたいだ。ルルは、宙《ちゅう》を歩いているような気分だった。指をパチンとやってみる。かすかな音さえ鳴らない。

「透明人間《とうめいにんげん》にはなれなくても、これならいいね！」と、思わずさけんだ。

ラムセスが、ハックニーの空気をできるだけとりこもうと、首をのばして熱心に鼻をクンクンやりだした。耳はレーダーのようにぴくぴく動いている。ルルはラムセスを下におろした。

「もう一度、この子がどこに行きたがってるのか、見てみよう」

一瞬《いっしゅん》の間《ま》をおいて、ラムセスが自信たっぷりに、南にむけて歩きだす。

「なるほど、カサンドラの家の方角だ」とルル。

「ほかにだって、なにがあるかわかんないよ」とフレンチー。トーキルの頭のデータをとりこむのにも慣《な》れはじめ、同時進行で会話もだいたいできるようになっている。

ふたりはラムセスのあとについて歩きだした。

「で、トーキルは今どうしてる?」ルルはためしにきいてみた。

「あたしにわかるとこだと、まだ〝いたずらかお菓子《かし》か〟って近所をねり歩いてるみたい」とフレンチー。
二、三分前、トーキルは、「じゃあね、ママ」という〝頭の信号〟を発信して家を出たらしい。つまり、ヴァラミンタが家にいるってことを強く示《しめ》している。
ルルはため息をついた。

「じゃあ、あの子はちっとも役に立たなそうだね」とがっかりしていった。

「わかんないよ。スイーツの効果《こうか》が切れるまで、まだ何時間かあるんだから。げっ、トーキルのやつ!」

「こんどはなに?」

「今ちょうど、どっかのかわいそうなおばあさんを怒《おこ》らせて、ほくそえんでんの……この恥知《はじし》らず！」

「むこうにはフレンチーの声、聞こえないんだよ」

「わかってる、けど……あんまりひどいんだもん！　トーキルのやつら、おもてにカボチャのちょうちん飾《かざ》ってない家をわざわざねらって訪《たず》ねてってるみたい。そっとしておいてほしい人たちを、イライラさせたいだけなんだよ」

ルルはやれやれとばかりに頭をふった。

「トーキルってそういう子だよ」

「それにあいつら、空き家にかたっぱしからハロウィン用のステンシルでスプレーペイントするつもりみたい」

「やだ！　通報《つうほう》されちゃえばいいのに――」

「おっと！」フレンチーが大声をあげて、とつぜん立ち止まった。

「なに？」

フレンチーが一歩はなれて、また頭をかかえこむ。

「待って……待って」と、顔をくしゃくしゃにして集中する。

ルルとラムセスは、すなおにその場でじっと待った。

やがて、しばらくだまりこんでいたフレンチーが口を開いた。

「オーケー、電話みたい……」

「それで？」

「伝わってきたまんま、ぜんぶ中継《ちゅうけい》するからね。『えー、かったるいなぁ……今出てきたばっかなのに……どうしても？　オーケー、ママ、もどるよ……みんな、いそいで帰らないと……（みんなにほんとのことはいうな。とにかく、ぜんぶはダメだ）……いそぎの商《しょう》談《だん》があって、おれが必要なんだってさ……極秘《ごくひ》なんだ！　（よし、うまいぞ）……』」

そしてフレンチーがだまりこんだ。

「それでおしまい？」

「あたしのは、ただの再放送《さいほうそう》だもん……電話が終わったんだと思う……」

「極秘《ごくひ》の商談《しょうだん》だって！」ルルは低く口笛を吹《ふ》くと、両手をこすりあわせた。

「おもしろそう！」

フレンチーはなおも顔をしかめてつっ立ったまま、おでこをつまんでいる。

「うん、けど……それがほんとなのか、仲間にそういってるだけなのか、わかんない」

「わかった、でも、受信はつづけて」とルル。

「あ……っていっても、そうするしかないだろうけど」と、おずおずとつけたした。

そしてそのまましばらく道を進みつづけた。

「わあ、見て、フィールド・レーン。やっぱりカサンドラの家にむかってるんだ」とルル。

おなじみのその家が近づいてくると、ラムセスが足をゆるめた。外にカサンドラのロンドン・タクシーがとまっている。ところが、エジプトのファラオのノッカーがついた玄関《げんかん》に近づくと、カサンドラ本人は家にいない……ルルはそう強く感じた。それでもドアベルを鳴らそうとした。そのとき、ラムセスが不吉《ふきつ》なうなり声をあげた。

ルルとフレンチーは、そろってラムセスをふり返った。またしても背中《せなか》を弓なりにして毛を逆立《さかだ》て、敵意《てきい》むきだしでうなり声をあげている。

フレンチーがルルの腕《うで》をつかんだ。

「鳴らしちゃダメ」と小声でいう。

「ラムセスはなんか感じてるんだよ……じゃなきゃ、だれかいるって！　侵入者《しんにゅうしゃ》がいるとしたら、こっそり近づかなきゃ」

ルルは、体中にふるえが走るのを感じた。窓《まど》にじっと目をこらす。カーテンがいつもどおり引いてあるけど、中は明かりがついていないみたいだ。

「そんなの考えらんないよ」とルルはささやいた。「カサンドラは、侵入者《しんにゅうしゃ》から身を守ることにはいつだって用心してたんだから……あたしとちがって」

ラムセスがふたたびうなり声をあげた。

「けど、見てみなよ、ラムセスのこと」とフレンチーは引きさがらない。「ぜったいなんかいやなもの、感じとってんだよ」

「じゃあ裏《うら》にまわったほうがいいかも。あの小道から」とルル。

フレンチーがラムセスを見た。

「でも、この子のせいであたしたちがいるってばれないかな。ひそやかブラウニーのおかげで、せっかくみんな音を消してくれてるのに、この子がうなったりしたら……」

ルルは唇《くちびる》をかんだ。

「でも、あたしたちをカサンドラのとこに連れてけるのは、この子だけなんだよ……それに、追っぱらおうとしたって、そんなのできっこないよ。あーあ、なんでこんなたいへんなことになっちゃったんだろ?」

「とにかく、裏《うら》にまわろう」ついにフレンチーがいった。

「ケータイの電源《でんげん》は切ってある?」

ルルはふるえる両手でケータイをとりだし、電源《でんげん》を切った。

「いいよ。準備《じゅんび》オーケー」

冷たい夜の空気がぶきみに静まり返り、ふたりの鳴らない足音と、月のない闇夜《やみよ》に立ちこめる霧《きり》で、ぶきみさがいっそう増《ま》していた。〝あたしの星〟に集中するんだ……小道への入り口にむけて、今来た道を少しだけ引き返しながら、ルルはそう自分にいい聞かせた。時間と空間をこえて、あなたに、あなただけに話しかける星なの……。

『アップル・スター』にあったそのことばが、頭の中でこだまする。おかげで心強いけれど、失ったものを思いだして、胸《むね》が痛《いた》くなる。

細い小道は、すすけた黄色い予備《よび》の明かりがともるだけで、イバラがおおいかぶさるようにつきだし、なにかの熟《じゅく》した、土くさいにおいがする。ふたりは、二軒《けん》の家にはさまれた小道をたどり、角を曲がった。道はそこから、家々の庭の裏伝《うらづた》いにのびている。

カサンドラの家から庭を三つぐらいはなれた場所まで来たとき、ルルの目に、あるものがとびこんできた。心臓《しんぞう》がとびだしそうになった。大きな人影《ひとかげ》が、カサンドラの庭の門から出てこようとしていたからだ。

そしてその人影《ひとかげ》は、あきらかにカサンドラではなかった……。

第二十三章　草の隠《かく》れ家《が》

ルルはなんとか悲鳴をのみこんだ。フレンチーの腕《うで》をつかみ、ラムセスといっしょに小道をかけもどって、角を曲がった。ここにいるってことを知らせるような物音は、みじんもたてていない——姿《すがた》を見られていませんように、と心の中で祈《いの》った。ずっしり重そうな足音が近づいてくるなか、ルルとフレンチーはトゲだらけのイバラの茂《しげ》みにおしりからもぐりこみ、身をひそめた。いっぽうラムセスは、道のまんなかに立ちつくし、近づいてくるよそ者を挑戦的《ちょうせんてき》ににらみつけている。そして、フーッと大きなうなり声をあげた。

「あっちいけ！」男が怒鳴《どな》りながら、ドスドスと大きな足音をたてて前に出る。

ラムセスがとびのいた。姿《すがた》がはっきりしてくると、ルルは、男がひとりじゃないことに気づいた。ふたりいる——ブロンドの大男たち——そして、大きな木箱をはこんでいる。

一瞬《いっしゅん》、ルルはぞっとした。男たちは角を曲がる、そしたらきっとあたしたち、見つかっちゃう……。ところが、ふたりは角を曲がらなかった。そのまま同じ方向に歩きつづけ、金網《かなあみ》の門をあけるために、そこで立ち止まった。あたしたちを学校からつけてきた、あのワゴン車の男たちに似《に》てる――ううん、まちがいない。手前の男のそでに、王冠《おうかん》と魚のしっぽをした金色の馬の飾《かざ》りがある。木箱の中身がガタガタ音をたて、カサンドラが乾燥《かんそう》させた材料を保存《ほぞん》していた、あの大きなガラスびんのふたが見えた。彼女《かのじょ》の材料をぬすみだそうとしてるんだ！　でもカサンドラはどこ……？

今、男たちは門をぬけて、小道を別の方向へと入っていく。そんなところにも道がつづいているとは、知らなかった。ルルは頭の中で数をかぞえた。十、九、八――重そうな足音が遠ざかっていく――三、二、一。

「ふーっ！」ルルは大きく息を吐《は》きだした。

「しっ、待って！」とフレンチーが小声で制止《せいし》する。

「まだ仲間がいるかもしれないから」そして角のむこうをのぞきこんだ。

「いない……オーケー、行こう」

ルルはカサンドラのことが心配で身がすくんでいたものの、なんとかフレンチーにくっついて、男たちが出ていったあとの金網《かなあみ》の門をぬけた。ひそやかブラウニーに感謝《かんしゃ》しなきゃ……。ラムセスが前足でそっと地面をかいても、どんなにすばしっこいネコもかなわないほど静かだった。ひそやかブラウニーを食べさせておいたおかげだ。トーキルについての情報《じょうほう》がもっと入っていないかと、フレンチーにききたくてたまらない。でも、今は声をたてるわけにいかない。

道は暗く、草におおわれていたけれど、ほどなくして前方に、動く人影《ひとかげ》が目にとまった。なおも男たちのあとを追いつづけると、しばらくして、少し先で道が終わっているのが見えた。男たちはすぐに空き地に消えてしまった。ここからは危険《きけん》が大きい。ルルとフレンチーは道の終わりで足を止めた。その先は、傾斜《けいしゃ》した土手へとつづく下りの石段《いしだん》になっている。土手のむこうで、渦《うず》を巻《ま》きながら霧《きり》が立ちのぼっているのは水辺——運河《うんが》だ。男たちが木箱を、細長い大きな舟へとはこんでいく。

これだけはなれていれば、もうしゃべっても、男たちには聞こえないはず。

「これからどうする？」ルルは小声でフレンチーに問いかけた。

「あの舟にこっそり乗りこもう」

心臓《しんぞう》がドキッとした。

「気でもちがったの？」

「ルー、なにが起きてるのか調べなきゃ。それしか方法ないじゃん」

ルルは、男たちが木箱を舟にのせるのを見つめた。緊張《きんちょう》で足ががっくりくずれ落ちそうな気がする。

「トーキルはどうなの？」と希望をこめてきいてみた。

「例の秘密《ひみつ》の商談《しょうだん》について、もっとなにかわかった？」

フレンチーが首をふる。

「たいして聞こえてこない。信号が弱まってるみたい。交信が切れかけてるんじゃないかな」

「サイアク」ルルは力なくいった。

「じゃあ、スイーツを三つぜんぶ食べてないのかも」

「ルー！」とつぜんフレンチーが声をあげた。

「あの男たち、見て！　こっちにもどってくる！　かくれなきゃ」

「どこに？」ルルは必死にあたりを見まわした。そばには木も建物も見えない。

「道をもどろう！」と提案《ていあん》するが、フレンチーは首をふった。

「だめ……ほら、あそこの山、見える？」と、ガラクタの山のほうにあごをしゃくった。

草の上にスーパーのカートがひとつと、正体のわからない物がばらばらに広がり、つみあがっている。ルルは胸《むね》が悪くなった。

「どうかしてるよ！　あんなとこ、ネズミがいるかもしれないんだよ！」

ところが、すでに男たちは近くまで来ている。

「ルー、ほかにどうしようもないよ」とフレンチーがいいはった。

「あそこで手足をのばせば、ガラクタのふりできるって」

そういってルルを引っぱるように身をかがめると、ふたりそろって音もなく、じりじりと小道からはなれた。少なくとも、音を聞かれることはない。

ルルは、背《せ》の高い草と霧《きり》、それに月がまだ出ていないことをありがたく思った。そして死体じゃなく、古着の山みたいに見えますようにと願いながら、フレンチーといっしょに手足を体の下におしこんで寝《ね》そべった。

かびくさいカーテンの横で草の中にうつぶせになりながら、こんなのを知ったらパパがなんて思うだろうと考えた。もちろん、ぞっとするだろう。しかも、帰るって約束した時間まで、もうあと一時間ぐらいしかない。この調子じゃ、ぜったいに間《ま》にあわない。

男たちの引きずるような足音が近づき、やがて遠のいていった。ふたりがじゅうぶんにはなれるまで、ルルはぴくりとも動かずに待ち、そして頭をあげた。

「フレンチー？」

「ここだよ。だいじょうぶ？」

「うん、まあ」

「よし」フレンチーが小声でいった。

「じゃあ、あの舟に乗るよ。あたしのカンじゃ、あいつら、もうひとつ木箱をとりにカサンドラの家にもどったんだよ。だから今が絶好《ぜっこう》のチャンス」

ルルはポケットからケータイをとりだし、電源《でんげん》を入れた。

「ちょっと待って」といって、パパにメールを送った。


パーティーが思ったより長引いてるの。十時までにはもどるから。いいでしょ？　ルー

「いそいで、ルー！　時間ないんだから！」

ルルは電源《でんげん》を切って、ケータイをしまった。

「オーケー、今行く！」

すぐそばでしんぼう強くすわっていたラムセスも立ちあがり、ふたりといっしょに舟に

むかった。ところが舟に近づくと、中にほのかな明かりがともっているのに気づいた。ほかにだれか乗っているらしい。

ルルとフレンチーはふたたび草の上に身を投げだした。

「オーケー、どうしたらいい？」とひそひそ声でルル。

「あたしもおんなじこと考えてたとこ」とフレンチーが低い声で返す。

「それに、ひそやかブラウニーで物音を消してもらえてるのはいいけど、どうやってゆらさずに舟に乗りこむ？」

「やだ、そうだ！」ルルはうめき声をあげた。

「ひとつだけ手がある」ついにフレンチーがいった。

「あの男たちと同時に乗りこむの」

ルルは信じられない思いでフレンチーを見つめた。

「そんなの、どうやるっていうのよ？」

「あの橋からとびおりるの」

とフレンチーが、川に低くかかる橋のほうにあごをしゃくった。

「ほら、舟のおしりは、橋にすごく近いじゃん。あいつらは、へ先から乗るはずだよ」

舟は長い――たぶん二十メートルくらい――そして前とうしろそれぞれに、小さなデッキがある。そのあいだには船室があって、男たちの視界《しかい》からこっちの姿《すがた》をかくしてくれるだけの高さがある。ただし、とびおりるタイミングをとびきり慎重《しんちょう》にあわせられればだ……。

第二十四章　追跡《ついせき》

橋の手すりから舟を見おろすと、ふたつのことがルルの頭に浮《う》かんだ。ひとつはいいこと……そしてもうひとつは、あんまりよくないことだ。いいことは、ルルが思っていた以上に橋が低かったこと。これならとびおりるまでもないかもしれない。あんまりよくないことは、どうやったら見つからずに手すりをのりこえられるのか、さっぱり思いつかないってことだ。ひそやかブラウニーと暗《くら》やみ、そして霧《きり》があわさって、舟に乗っている人物にはどうやら気づかれずに、ここまではたどり着くことができた。でもこんな、かくれるものもないところ、しかも敵《てき》から二十メートルもはなれていないところじゃ、そんなごまかしもきかないだろう。

ルルは不安になってフレンチーを見た。話したくてたまらない。フレンチーの表情《ひょうじょう》からして、彼女《かのじょ》もおんなじことを感じているはずだ。そうこうしている間《ま》に、ふたたびさっきの男たちがあらわれ、別の木箱をもって近づいてくる。ルルは、腕《うで》の中でラムセスが、また低くうなりをあげているのを感じた。ああ、お願いだからおとなしくして!

男たちが木箱を舟にのせはじめるのを見ながら、どうすることもできないという思いがどんどん強くなっていく。いまだにうまい作戦を思いつかない。ひとりめの男が舟に乗り、ついでふたりめも乗りこんだ。そしてふたりとも船室のむこうに見えなくなった。ルルとフレンチーは顔を見あわせ、体を起こしかけたが、またすぐにしゃがみこんだ。男のひとりがふたたびあらわれ、係留《けいりゅう》ロープをときはじめたからだ。舟のエンジンがかかる。ルルとフレンチーは、男がロープをときおわるのを待った。ここからは、とびきりすばやく行動しなければならない。

するととつぜん、ルルの腕《うで》の中で、ラムセスがはげしくのたくりだした。そしてなにがなんだかルルが気づく間《ま》もなく、男が引っこんだのと同時に、手すりのすきまから舟にとびうつってしまった。

やるなら今しかない。ルルとフレンチーは手すりによじのぼった。フレンチーがそっと舟におりる。手をはなしもしないうちに、足がデッキにとどいていた。ルルもあとにつづいた。そしてもう少しで足がデッキにふれるというとき、恐怖《きょうふ》におそわれた。われた手すりにスカートが引っかかって、はげしく引きもどされたからだ。

舟が動きだす。ルルは必死にスカートを引っぱり、繊細《せんさい》なモスリン生地を引きさいてようやく自由の身になったが、こんどは足が運河《うんが》の上で宙《ちゅう》ぶらりんになっていた。ところがそのとき、すばらしいことが起きた。舟がほんの少しだけうしろにもどってきたのだ。ルルはなんとかそっと舟にとびうつり、ぐったりとくずれ落ちた。これで一歩前進だ。

水鳥のバンの鳴き声が暗《くら》やみを切りさくなか、舟はエンジン音をひびかせ、黒い水面を着々と進んでいく。白鳥のぼんやりした灰色《はいいろ》の影《かげ》が、霧《きり》の中に浮《う》かびあがっている。舟は使われなくなった倉庫をすぎ、しゃれたアパートの建ちならぶ区域《くいき》をすぎ、大型トラックの車庫をすぎる。しめった夜の風が、ルルのドレスのうすい生地を吹《ふ》きぬけていく。

コートを着てくれればよかった……。船室の中から男たちのくぐもった声が聞こえる。ところどころは聞きとれても、なにもおもしろいことはいっていない。クロスワードパズルをといているらしい。ルルはフレンチーのバックパックからペンとメモ帳をとりだし、こう書いた。

トーキルからなにか聞こえた？

そしてメモをフレンチーに見せた。

フレンチーは首をふるだけだった。

ルルは、メモ帳をバックパックにもどした。ラムセスに目をこらす。すごく落ちつきはらって堂々《どうどう》としている。これ以上ないってくらいに自信たっぷり、自分がこの場を支配《しはい》しているとでもいう雰囲気《ふんいき》だ。あたしもそんな気分になれたらいいのに……。

するとそのとき、もうぜんと流れる水の音に、ルルはまたしても軽いパニックにおそわれた。水門が近づいてる……。運河《うんが》の高低差があるところを船が通過《つうか》するとき、水の高さを調節《ちょうせつ》するための門だ。水門を通るかもしれないって、もっと前に考えるべきだった。パパといっしょに、何度か運河《うんが》クルーズをしたことがある。エレベーターみたいに運河《うんが》をのぼりおりするのは、いつだってクルーズのいちばんの楽しみだった。でも今回は危険《きけん》だ。男たちのひとりが水門の操作《そうさ》をするために出てきたとき、見つかってしまうかもしれない。舟が止まると、ルルとフレンチーはできるだけ低く身をかがめて、息をひそめた。

操作《そうさ》のすべてが終わるまでには、えんえんと時間がかかっているように思えた。でも、ふたたび舟が動きだしたとき――ありがたいことに、見つからずにすんだ――十分もたっていないと知って、ルルはおどろいた。

車庫と工場の景色はしだいに、もっとずっとしゃれたアパートの町並《まちな》みへと変わり、やがて、見おぼえのある超高層《ちょうこうそう》ビルの三角屋根の上に、点滅《てんめつ》する赤いライトが見えてきた。あれはカナリーワーフ・タワー……テムズ川に近づいてるってことだ。運河《うんが》の幅《はば》がせばまりはじめ、両岸のてらてらと光る黒い石垣《いしがき》がだんだんせまってくる。はげしい水の流れが、また別の水門が近いことを告げている。

ところがそのとき、舟が予想外の動きを見せた。まっすぐ水門にむかうのではなく、左にむきを変えたのだ。ルルとフレンチーは顔を見あわせた。ラムセスまでが立ちあがり、こうふんしてうろうろと歩きだす。ルルはぎゅっと目を閉《と》じた。あたしの星に意識《いしき》を集中するんだ……そう自分にいい聞かせる。星の導《みちび》くままに……。

舟はむきを変えつづけている。

あたしの星の導《みちび》くままに……。

・・・・・・

ルルは目をあけた。舟はすでにまるまる九十度の方向転換《ほうこうてんかん》をして、おぼろげに浮《う》かびあがる黒い石垣《いしがき》のほうをもろにむいている。今ルルは、その石垣《いしがき》に大きな鉄門があるのに気づいた。門の上には、防犯《ぼうはん》カメラらしき物がついている。門がぎしぎしと開くにつれ、姿《すがた》を見られたくなければ、ルルとフレンチーに残された道はひとつしかないことがはっきりした。舟をおりなければ。それも、いそいで。さいわい、舟が方向を変えたことで、水門からは一メートルもはなれていない。そして、どっしりとした地面からも。

今だ！　ルルとフレンチーは顔を見あわせ、ジャンプした。

ラムセスもあとにしたがう。そして石垣《いしがき》のてっぺんをはって石段《いしだん》のふもとまで進み、かがんで、門があくのを見まもった。門はトンネルに通じ、中には、舟に乗っていたのとは別の、懐中電灯《かいちゅうでんとう》をもったふたりの男がいた。男たちは懐中電灯《かいちゅうでんとう》で舟の上を照らし、すみずみまで調べている。舟が進むのにあわせ、防犯《ぼうはん》カメラも動いていく。舟がトンネルに入り、門がしまりだしたのを見ながら、ルルは、岸におりるのが間にあったのを喜ぶべきなのか、イライラしながらげんこつをふりまわすべきなのか、わからなかった。

「ふーっ、危《あぶな》いとこだった！」

しゃべってもだいじょうぶになると、すぐにフレンチーが息もたえだえにいった。

「たしかに」ルルの声には少しの皮肉がまじっていた。

「けど、いったいこれからどうするの？」

第二十五章　ミートフック・レーン

「ルー、ペンとメモ帳、出してくれる？」といってルルにバックパックを手わたしながら、フレンチーが鼻にしわを寄《よ》せて意識《いしき》を集中した。

ルルはいそいでバッグの中をあさった。

「またなんか聞こえてきてるの？」と、はやる思いできいてみる。

「そう！　二十分ぐらい前から聞こえてたんだけど、さっきは、しゃべれなかったから。トーキルが残りのふたつのスイーツを食べたみたい」

「信じらんない。こんなに時間あけるなんて、あの子らしくないよ」

フレンチーが顔をしかめて、集中を深める。

「残りの願いごとをしたくなるようなことが、なんかあったんだと思う。あとにとっといた分を使いたくなるようなことが。ちょっと待って……あーもうっ、これってむずかしい！」

ルルはこしをおろし、ペンをかまえた。ラムセスがクンクンとあたりをかぎまわっている。状況《じょうきょう》を確認《かくにん》してから、どっちに進むか決めようとしているのか……それとも、つぎにどこに行けばいいのか、さっぱりわからないってことなのか……。

「ゆっくりでいいよ」

フレンチーに声をかけながら、しんぼう強く待つんだと自分にいい聞かせた。

フレンチーがこめかみに指をあてた。

「オーケー……あいつは今、だれかと話しあってるとこ……ヴァラミンタもいる……」

ルルはさっとメモをした。

「家にいるの？」

「ううん……さっきどっかに出かけたの。たぶんタクシーで。男がひとりいる……ローマン。男の名前はローマン……フィッシャーっていうみたい。まちがいないと思う。この男が話を仕切ってる感じ」

「なんの話？」

ルルはその名前を書きとめた。

「ほとんどはお金のこと……手数料がどうとか、そんなのばっか……トーキルが交渉《こうしょう》にすごい入れこんでるみたい……」

「トーキルらしいね」

「待って……」

フレンチーが眉《まゆ》を寄《よ》せて、伝わってくる情報《じょうほう》に意識《いしき》を集中した。

「これって……これって、ぜったい『アップル・スター』と関係してる……」

ルルは、こうふんで耳がひりひりするのを感じた。

「ほんとに？」

「『アップル・スター』って聞こえる……うん……トーキルとヴァラミンタがいっしょにもってきてるみたい。なんか話しあいがすごくはげしくなってきた……うわあ、頭がガンガンする！」

「フレンチー、みんながどこにいるのか、なにか手がかりは？」

フレンチーの頭痛《ずつう》をこれ以上ひどくしないように、ルルはそっときいてみた。

「どこ？」ぼんやりとフレンチーがくり返す。そして、

「うわあ、頭の中で雷《かみなり》が鳴ってるみたい！」とさけんだ。

「トーキルが……なんか要求してる」

「フレンチー、居場所《いばしょ》について集中してみて……」

「イタイ、イタイ！」フレンチーが大声をあげて両手で頭をかかえ、

「イタタタタ！」とかがみこんでしまった。

ルルはフレンチーの背中《せなか》をさすった。ほかにどうしていいかわからない。心霊《しんれい》サワーと霊媒《れいばい》スイーツのせいでフレンチーに起きていることが、本気で心配になってきた。なんでこんなこと、フレンチーにさせちゃったんだろう？　ますます罪《つみ》の意識《いしき》を感じる。あたしの星のことを考えよう。そうすれば、なにかの助けになるかもしれない……。ルルはまたそう自分にいい聞かせ、星のことを考えながらラムセスの目をじっとのぞきこんだ。すると、カサンドラからのメッセージを思いだした。バックパックの中を見て、あの手紙を見つける。もう一度読んでみた。


もしこれがあんたのもとにとどいたとしたら、あたしが危険《きけん》にさらされてるってこと――おそらくあたしのいとこマーフィン・ロッシャーから。彼《かれ》を見つけて。そうすれば、あたしが見つかるよ。

「彼《かれ》を見つけて。そうすれば、あたしが見つかるよ……」

ルルは小さく声に出した。すると、手紙に書かれたその名前をじっと見つめ、目が釘《くぎ》づけになっている自分に気づいた。マーフィン・ロッシャー……

メモ帳の横にその手紙をおいた。この名前にはなにかある……ついさっき書きとめた名前の横にならべてみた。

マーフィン・ロッシャー

ローマン・フイッシャー

「そっか！」ルルは大声をあげた。

「文字の入れかえだ！」

フレンチーが顔をあげた。

「なに？」

「ローマン・フィッシャー、マーフィン・ロッシャー……これっておんなじ人だよ、わかんない？　きっとその男、名前を変えたんだよ。けど変えたっていっても、文字を動かしただけ」そういってルルは「ローマン・フィッシャー」の文字ひとつずつにチェックマークをつけていった。思ったとおり、ぴったりだ。

「ぜったいそう、偶然《ぐうぜん》にしてはできすぎだもん！　フレンチー、これがどういうことかわかるよね？」

フレンチーはなおも青い顔をして、トーキルからの信号が頭の中でさわいでいるのに苦しみながら、どうにかうなずいた。

「うん……その男がどこにいるか、あたしがなんとかして見つけないと」

ルルはフレンチーの腕《うで》をぎゅっとにぎりしめた。

「うん、お願い！　あたしたちずっと、別のふたつを追っかけてるって思ってた……けど、おんなじひとつだったんだよ！　カサンドラ、『アップル・スター』をもってるヴァラミンタとトーキル、ローマンだかマーフィンだか……それにあの細長い舟の男たち……みんなおんなじ場所にいるんだよ！」

フレンチーが顔をしかめた。

「ううっ、すごくイタイ！」

ルルはまたちょっと考えた。

「あたしたち、もう近くまで来てるんだよ……すごく近くまで」

そして考えこんだまま、歩道にじっと目をこらした。地下のどこかにいるんだ……。

「なら、ラムセスが……役に立ってくれるよ」とフレンチー。

「ひょっとしてあたしたちが歩きだせば、あの子もどっかでにおいに反応《はんのう》するようになるかも」とルル。

「オーケー」とフレンチーが体を起こした。

「それに、いい？　今からあたし、トーキルの信号はさえぎるから」

ルルは不安そうな顔をした。

「そんなことできるの？」

「やってみる」フレンチーはメガネをとると、目をごしごしこすった。

「このお金の話ってば、ぐるぐる堂々《どうどう》めぐりしてるだけなんだもん。ちっとも役になんか立たないよ。それより……あいつが今いる場所にむかってたとき考えてたことを、もっと思いださなきゃ。着いたのは、まだそんな前じゃないし」

「じゃあ、それができたら、頭痛《ずつう》もやわらぐかもね」

フレンチーはメガネをかけなおしてうなずきながら、ため息をついた。

「うん、だといいんだけどね。さあ、行こ」

丸石をしいた通りを行くと、鉄道の高架橋《こうかきょう》の下に出た。ルルが上を見あげると、すすけた古い看板が目に入った。

「肉つるし《ミートフック》のレーンだって。フレンチー、なんか思いあたる?」

「今考えてるとこ。情報《じょうほう》があんまりにもごたまぜで……あいつ、どっかの時点で、なんかのゾッとするホラー映画《えいが》のこと考えてたみたいなんだ……そのとき、たしかミートフックが出てきた気がするんだけど……」

列車が一台、頭の上でゴーゴー音をたてて通りすぎるのを聞きながら、ふたりは、板でかこんだ建築現場《けんちくげんば》のわきに出た。

「建築現場《けんちくげんば》!」急にフレンチーが声をあげた。

「それだ――思いだしてきた。トーキルの考えの中に、板でかこった建築現場《けんちくげんば》のことが、たしかにあった。タクシーをおりてあいつらがまず見つけなきゃいけなかったのが、それだ……うん、それから『アーチの下』っていうのも聞こえた――それがこれか。オーケー、つぎに見つけなきゃいけなかったのは……柵《さく》！」

そのことばを裏《うら》づけるかのように、ラムセスが、板と板の切れまに鉄柵《てっさく》がむきだしになった場所を見つけ、そのすきまから姿《すがた》を消した。

「ラムセス！」ルルが呼《よ》びとめたものの、ラムセスはもどってこようとしない。

ミャーオと声だけが返ってきた。フレンチーが細いすきまに無理やり体をねじこみ、ラムセスのあとを追う。ルルも長いスカートに少し悪戦苦闘《あくせんくとう》しながら、つづこうとした。そして体をくねらせ、ようやく柵《さく》をぬけでたとき、フレンチーがさけんだ。

「ルー！　これ見て！」

第二十六章　開けゴマ

ルルは、フレンチーがすっかりこうふんして指さしているものをじっと見つめた。歩道にうめこまれたまるい鉄だ。

「えっと、マンホールのふただけど。これが……？」

「ルー、これが入り口なんだよ」フレンチーが大声でいった。

「こっから入るんだってば！」

ルルはぽりぽりと頭をかいた。

「なんでわかるの？」

「あれ見て。なんて書いてある？」

「タワー・ハムレッツ……ロンドン」

ルルはいわれたまま、ふたに書かれた地区名を読みあげた。

「うん、そう。けど、まんなかのとこは？」

ルルはさらに顔を近づけて目をこらした。

「あっ！　ＥＬＦ《エルフ》‐ＫＩＮＧ《キング》？　ううん、待って。エルフ・キングっていったら、〝妖精《ようせい》王《おう》〟って意味だもん。そんなわけない……そっか、ＳＥＬＦ《オート》‐ＬＯＣＫ《ロック》ＩＮＧってことだね。Ｓ《エス》とＬＯＣ《ロック》がほとんど消えちゃってるんだ」

「そのとおり。あのね、柵《さく》のつぎはこれなの、ぜったいだよ！」

フレンチーは、ほとんど寄《よ》り目《め》みたいにして意識《いしき》を集中している。

「ねえ、聞こえたのはちょっと前だし、なんにもメモれなかったけど、でも……、うん、ぜったいまちがいない。『エルフ・キングの表示《ひょうじ》をさがせ』って聞こえたの。そのときは、カンちがいだって思ったんだ。だって、妖精王《ようせいおう》なんて――まさかって感じだもん。けど、これで納得《なっとく》がいくよ！」

ルルは不安なくせに――というより、たぶん不安だからこそ、妖精王《ようせいおう》がマンホールで暮《く》らすばかげたイメージを思いうかべて、ついクスクスと笑ってしまった。

「なんでだろ？　トールキンの『指輪物語』の世界に入りこんだみたい」

ところがフレンチーはマンホールの文字を指でなぞって、大まじめな顔をしている。

「これだよ、よし……あいつら、こっからおりてったんだ」

ルルは信じられない思いでフレンチーをまじまじと見た。

「冗談《じょうだん》でしょ？　ヴァラミンタにマンホールをおりさせた？　デザイナーもののカシミアの服とピンヒールで？　ありえないよ！」

「ほんとだって、そう聞こえてきたんだってば！」とフレンチーはいいはった。

「ラムセスを見なよ。この子はちゃんとわかってるよ」

熱心にその場所をかぎまわっていたラムセスが顔をあげ、「ミャーオ」とこたえる。

ルルは、古びた鉄の重いかたまりをぼうぜんと見つめた。

「マンホールのふたなんか、どうやってあけるのか、さっぱりわかんないよ」

一瞬《いっしゅん》だまりこんで、フレンチーがいった。

「ううん――待って。あたしの記憶《きおく》がたしかなら……なんかのスイッチがあるんだと思う」

そういって、ふたの穴《あな》のひとつに指をつっこんだ。

「あけるときに使う、なんとかってやつが必要だよ」

ルルは、ふたをもちあげるための、カギみたいな物を使うまねをした。

フレンチーはなにもいわず、ひたすら穴《あな》の中を指でさぐりつづけている。

「あっ！　あった……」

小さくカチッと音がしたかと思うと、ルルがぼうぜんと見つめる前で、低くブーンと音をたてながら〝ＥＬＦ《エルフ》－ＫＩＮＧ《キング》〟の文字がゆっくり回転しはじめた。回転につれて、金《きん》属《ぞく》の二本の支柱《しちゅう》に結合したマンホールのふたが、ひとりでにもちあがっていく。そしてそのままあがりつづけ、ルルのこしの高さで止まった。

「ほうら、入り口だよ！」フレンチーがほこらしげに宣言《せんげん》した。

ルルはゆっくりと頭をふった。

「おどろいた」

目の前にあらわれた深い穴《あな》のふちに立って、ラムセスがクンクン中のにおいをかいだ。

フレンチーがラムセスをおさえ、穴《あな》の壁《かべ》にとりつけられた鉄のはしご段《だん》におりていく。

そして「ほら、早く！」とルルをせかした。

ルルは穴《あな》の中に目をこらし、動けずにいた。

「ちょっと待って」と呼《よ》び止《と》める。

「どうしたの？」

「あたし……ちょっとだけ閉所恐怖症《へいしょきょうふしょう》なの、それだけ」

ルルの呼吸《こきゅう》が速くなる。目を閉《と》じ、ぎゅっとこぶしをにぎりしめた。こわい。だけど、せまいっていうこと以上に、下になにが待ってるのかってことのほうがこわい。だって今、あのあまりにおなじみの、おなかの中がよじれるみたいな感じがしてるから……それにもしローマン・フィッシャーが、だれかが侵入《しんにゅう》したって知って、すぐに手下をよこしたらどうなるの？　でも、せっかくここまで来たのに……それに、ぐずぐずすればするほど、どんどん危険《きけん》が大きくなる……

「ルー、早く！」ハラハラしたようなフレンチーの声がする。

不安でたまらないけど、ほかにどうしようもない。ルルはしかたなくラムセスを抱《だ》きあげ、中に足をふみいれた。

ふたりはうす暗く湿気《しっけ》くさい穴《あな》をもくもくとおりていった。そのとき、ふいにルルは、パニックにおそわれた。もしなにか緊急事態《きんきゅうじたい》が発生してパパに連絡《れんらく》をとりたくなっても、それができないってことに、今になって気づいたからだ。こんな穴《あな》の中じゃ、ケータイの電波が通じない。

「どうしよう……」思わず小さく声に出していた。

完全に連絡《れんらく》がつかなくなった。でも待って……まだポケットに予備《よび》の心霊《しんれい》スイーツがある。ルルの胸《むね》がおどった。そうだ！　スイーツを食べて、伝えたいことを考えにしてパパに送ればいい……。でも、屋根裏《やねうら》のタンスにかくした霊媒《れいばい》サワーのことを、どうやってパパに説明して食べさせたらいいんだろう。霊媒《れいばい》サワーがなきゃ、心霊《しんれい》スイーツ自体はなんの役にも立たない。

ルルは深呼吸《しんこきゅう》した。プラス思考《しこう》でいかなきゃ、と自分にいい聞かせる。なにも悪いことになんかならない。パパに連絡《れんらく》しなきゃならない事態《じたい》になんかならないんだ。

穴《あな》の底に到着《とうちゃく》したふたりは、一本しかないトンネルを進みはじめた。

ひそやかブラウニーのおかげで、足音はまだ消えたままだ。ラムセスがすばやく先頭に立ち、耳をぴくぴくさせながら、大きな足どりで自信たっぷりに歩いていく。ルルはまたしても、ラムセスぐらい大胆《だいたん》でこわいもの知らずになれたらどんなにいいだろうと考えていた。それでも、まだだれも追ってこないってことは、きっと気づかれずにもぐりこめたんだ。そう思うと、少しは安心した。もしこれがほんとに入り口だとしたら、見張《みは》りがいないのはたぶん、もともと知らなきゃ、だれもこんな入り口を見つけられっこないからだ。さもなきゃ、フレンチーのカンちがいで、このきみょうな道を行っても、じつはどこにも行きつかないってことかもしれない……。

カーブを曲がると、トンネルがふた手にわかれていた。ラムセスが足を止める。ルルとフレンチーは待った。すると、電波を受信しているかのように、しっぽを動かしてクルクルその場をまわっていたラムセスが、やがて右の通路を進みだした。通路はかなりの下り坂だ。ラムセスを見失わないため、ルルとフレンチーは走るしかなかった。でも走っているときでさえ、地面をふみしめた足は、かすかな物音ひとつたてない。

やがてトンネルがたいらになりはじめた。トンネルの終わりが近づき、そのままもっと広いスペースに通じているらしい。その時、あるものが目にとびこんできて、ルルはかっとあつくなるのと、ぞっと寒くなるのをいっぺんに感じた。見えてきたのは、黒いズボンをはいた二本の足。イスにすわった男のひざから下らしい。

フレンチーもその足に気づき、ふたりはすぐさまトンネルを引きかえした。そしてむこうから見えないところまではなれ、だれも追ってこないのがわかると、足を止めてあたりを見まわした。ラムセスの姿《すがた》が見えない。

数秒後、男のどら声が聞こえた。ラムセスにむかって怒鳴《どな》っているようだ。

「どうやってここまで来たんだ、え？」

それにこたえるように、ラムセスが「ミャーオ」と声をあげた。

そのとき、また別の声がした。ルルが知りすぎるくらいよく知っている声。

カサンドラの声だ。信じられないことに、これまでと変わらず低く落ちついた声で、まるで一度も会ったことのないネコを相手にするみたいに、ラムセスにあいさつしている。

「あれ、なんてかわいいネコちゃんだろう」

第二十七章　パニック

「おら、このクソネコ、出てけっ！」男が怒鳴《どな》った。

坂になったトンネルの上のほうで聞き耳をたてていたルルは、男がラムセスをつまみあげたんだと思った――それもすごく乱暴《らんぼう》に。まちがいない。だって聞こえてきたのは、ネコと男両方のかん高い悲鳴があわさって、トンネルにこだまする声だったからだ。

「イテテテッ！　こっち来い、このどぶネコが！」

その声につづいて、ドスドスと大きな音がした。どうやら反対方向にすっとんでいったラムセスを、男が追っかけていったらしい。足音がどんどん小さくなる。男はすぐにもどってくるかもしれない。でも、もうそんなのかまわない。ルルはもうぜんとトンネルをかけおりた。フレンチーもあとにつづく。そして、ついにカサンドラを見つけた。鉄格子《てつごうし》の扉《とびら》がついた、独房《どくぼう》に閉《と》じこめられたカサンドラを。

カサンドラが鉄格子《てつごうし》のすきまから手をのばし、ルルの手をぎゅっとにぎっていった。

「ありがとう」しずかな声だ。

ちっともおどろいたようすはない。そっか。ラムセスを見たとたん、あの子が助けを連れてきたってわかったんだ――それで、見張《みは》りの目をうまいことごまかしたんだ。カサンドラがそっとあたりに目を走らせた。

「あんまり時間はないよ。すぐあの男がもどってくる。ふたりとも音をたてないね。ひそやかブラウニーを食べたんだろ？」

ルルとフレンチーはこくりとうなずいた。

カサンドラが感心したように声をあげた。

「それはよかった！　いったろ？　あれはいざってときに役に立つって。さあて、やってもらいたいことがある。ふたりのどっちかに、あの男のうしろからこっそり近づいて、この扉《とびら》の電子ロックをあけるプラスチックのカードをとってもらわなきゃならない。ズボンのおしりのポケットにあるから。あいつがふりむくんじゃないかとか、すわるんじゃないかとか、それは心配ないよ。あたしがなんとかする。とにかくカードを。さあ、あのロッカーにかくれて――いそいで！」

カサンドラは男がすわっていたイスの横の、背《せ》の高いロッカーを指さしていた。そうとわかるとルルとフレンチーは、ぎゅうぎゅうづめになりながらもなんとか中におさまり、ルルが男の動きを見られるように、ドアを少しだけあけておいた。

「あのネコはどうなったんだい？」

男がもどってくると、カサンドラがさりげなくきいた。

「見失なっちまったぜ」男がふんと鼻を鳴らして、またすわりかけた。

「ないしょの話をしていいかい？」とカサンドラが男を手まねきした。

男がちょっとまをおいた。

「なんなんだ？」

「しっ！」とカサンドラが男をだまらせる。

そして男が近づくと、ひそひそとなにか話しはじめた。ルルにはよくわからないけど、話があるってことばには人を引きつけるなにかがあって……カサンドラは、男が個人的《こじんてき》にもうかる取り引き話で相手の気を引きはじめたようだ。男は興味津々《きょうみしんしん》で話に聞きいり、おかげでルルは、こっそり前に進んで男のポケットからカードをぬきとり、またロッカーにすべりこむことができた。

ルルが無事に中に入ったのを見とどけると、カサンドラは、ルルとフレンチーが出てきたトンネルから、まるでいきなり物音が聞こえたみたいに、ギクッとしてみせた。

「あれはなに？」と小声でいう。

「なにが？」男がきき返した。

「あっちでなにか動くのが聞こえた気がしたけど……侵入者《しんにゅうしゃ》かもしれない。たぶんあのネコをおとりに使ったんじゃないかい」

そのひとことに男はすぐさま反応《はんのう》し、いきおいよくトンネルにかけだしていった。もうだいじょうぶというところまで男が行ってしまうと、ルルはすぐさまロッカーをとびだし、カサンドラにおしえられた場所にカードを通した。扉《とびら》がさっと開く。カサンドラはそっと扉《とびら》をしめ、ルルとフレンチーをもうひとつのトンネルにすばやく案内した。こっちにはトンネルの壁《かべ》をくりぬいた、人気《ひとけ》のない横穴《よこあな》みたいなものがいくつかある。カサンドラはそのひとつにとびこんで、積みあげられた木箱のうしろにルルとフレンチーを連れていった。そして木箱にもたれると、胸《むね》に手をあてて深いため息をついた。ルルの見たところ、疲《つか》れきってはいるみたいだけど、それ以外はほとんど変わらない。いつものうねるようなローブを着て、しずかな威厳《いげん》をたもっている。

「ああ、ふたりとも……」ついにカサンドラが口を開いた。

「ラムセスがよりによってあんたたちをさがしだすとは、思ってもみなかったよ！」

ルルは眉《まゆ》をひそめた。

「そうなの？」

カサンドラがくやしそうな顔をした。

「そりゃそうだよ！　悪かったと思ってるんだよ。ほんとに！　ラムセスが助けを求めに行くなら、いくらでもおとながいたのに」

「でもあたしたち、助けになりたかったんです」とフレンチーがいった。

「それに『アップル・スター』も、とりもどさなきゃならなかったし」とルル。

カサンドラがハッと息をのんだ。

「『アップル・スター』？　ああ、やっぱり！　そんな気はしてたんだよ……あいつらがぬすんだんだろ？　ヴァラミンタとトーキルが？」

「知ってたの？」とルル。

「知ってたってわけじゃないけど。でもいわれてみれば……それで、あいつらは今ここに？」

「そう」

カサンドラがいまいましげに頭をふった。

「ああ、あたしが警告《けいこく》できてたら、こんなことにはならなかったのに！」

それはルルもふしぎに思っていた。

「でもカサンドラの予知能力《よちのうりょく》とかがあったら……」

「それには限界《げんかい》があるんだよ」カサンドラが説明した。

「ある部分にエネルギーを集中すると――この場合、マーフィンのことだけど――よそで起きてることは見すごしてしまう。あたしにしてあげられるのは、かわりに『アップル・スター』をとり返すことだね……でもとりあえず、今はここを出るんだよ」

「そんな、カサンドラをおいてなんかいけない！」ルルはいいはった。

「それにラムセスも……あの子はどこ？」

「ラムセスならだいじょうぶ。それにあたしもね。通りからあたしのいた独房《どくぼう》まで来たトンネルはわかるね。あのトンネルはふた手にわかれてる、だろ？」

「うん」

「わかった。さっきの男は、まず入り口をチェックして、それからもう一本の道のほうに行く。そっちはメインの部屋に通じるいちばんの近道で、部屋のあたりをチェックするはずだよ。そのあとこっちのトンネルにもどってきて、こんどは横穴《よこあな》をひとつずつチェックする。かかるのはぜんぶで約十五分。時間をはかっておいたんだ。だから、あんたたちがさっき来た道をもどるのに、十分ぐらいはかせげる。さあ行って。もうじゃま者はいなくなってるはずだから」

ルルはフレンチーと顔を見あわせた。そしていった。

「ごめんなさい。でもできない……とにかくできない！」

「やらなきゃダメ！」カサンドラが、こんどはかなり強い口調でいった。

「『アップル・スター』をとりもどす方法はちゃんとわかってる、約束する。あんたはあたしを助けてくれただろ。こんどはあたしが助ける番だよ……無事にうちにお帰り、たのむから！」

フレンチーがルルの腕《うで》を引っぱった。

「ルー、カサンドラのいうとおりだよ……行こう」

ルルは、自分がフレンチーにさんざんさせてきたことを考えた。これ以上フレンチーを危険《きけん》な目にあわせていいの？　それにたしかに、少なくともちょっとはカサンドラを助けてあげられた。腕時計《うでどけい》にちらっと目をやる。もうすぐ十時。すぐにパパが心配しはじめる。

それであたしに電話しようとして、つながらないって気づく。そしたらフレンチーのママに電話して、それから、ほんとはパーティーなんかやってない友だちのところにも……そして警察《けいさつ》に……。

カサンドラを抱《だ》きしめると、ルルは、涙《なみだ》がこみあげてくるのを感じた。ひとこともしゃべれず、フレンチーに引きはなされるまま、その場をあとにした。そしてふたりで一目散《いちもくさん》にかけだし、入り口をめざした。走っていても、ルルはまだ身をさかれるような思いだった。カサンドラと『アップル・スター』を――ついでにいえばラムセスも――置きざりにするなんて、そんなのまちがってる。まちがってる。まちがってる。

それでも、カサンドラのいったとおり、ルルとフレンチーは、見つからずに、あの入り口に通じる穴《あな》の下にたどり着いた。ところが穴《あな》をのぼりはじめると、足音が近づいてくるのが聞こえた。

「いそいで！」フレンチーがルルのうしろから金切り声をあげた。

「だれか来る！」

「わかってる！」全速力で穴《あな》をのぼりながら、ルルの心臓《しんぞう》がバクバクいっている。

またしても、足のまわりでかさばるボリュームたっぷりのドレスがうらめしかった。じめじめしたうす暗がりの中で上を見あげても、マンホールはまだ見えない。

そのとき、はしごがガタガタッとゆれた。だれか重たい人間がいちばん下にのっかったんだ……。ルルはけんめいにはしごをよじのぼりながら、マンホールをさがして目をこらした。そしてさらに数段《すうだん》のぼったとき、ついに見えた！　これであとは、あのスイッチがどこにあるのかわかれば……。

鉄のはしご段《だん》をのぼってくる重そうな足音が、下のほうで鳴りひびく。

ドスン、ドスン、ドスン。

別の考えがルルの頭に浮《う》かんだ。パパに電話して助けてもらおう！　でもどうやって？　ケータイを引っぱりだして、電源《でんげん》を入れて、地上に出たとたんに電話する――しかも、逃《に》げようとしながら――そんな複雑《ふくざつ》な動作なんて、いったいどうやるっていうの？

ドスドスン、ドスドスン……。今では下にふたりいるみたいだ。

ルルはマンホールのふたをいじくりまわしてスイッチを見つけた。パチッとスイッチを入れる。ところが、ふたが回転してはずれ、開くまでには、待って、待って、待ちつづけなければならない。おなかの中にずっしり重いかたまりができていくのを感じながら、ルルはおそろしい現実《げんじつ》に気づいた。もう逃《に》げられっこない……。

待つしかない状況《じょうきょう》だけど、とにかく今が電話をかけられる最後のチャンスだ。ルルは、ケータイをとりだし、電源《でんげん》を入れた。小さな画面が明るくなる。ルルはアンテナが立つのを待った。えんえんと時間がかかっているように思える。ケータイを高くもちあげ、それと同時に、予備《よび》の心霊《しんれい》スイーツをさがしてポケットの中をまさぐった。

マンホールのふたが高くあがり……ピン！　アンテナが立った。ルルはふたのすき間から身をよじって外に出ようとする。そして片手《かたて》にケータイ、片手《かたて》に心霊スイーツをにぎって半分体が出たとき、フレンチーの悲鳴が聞こえた。

ルルが短縮《たんしゅく》ボタンをおすと、すぐさまパパが出た。

「ルル！」

「パパ、緑色のスイーツを食べて！」

どこにいるんだと問いかけるパパのせっぱつまった声は無視《むし》して、ルルは、だしぬけにいった。

「緑色のスイーツ！」と、もう一度さけんだとき、一本の手に足をつかまれた。恐怖《きょうふ》にあえぎながらもなんとかつづける。

「洋服ダンス……屋根裏《やねうら》……カギはあたしの机《つくえ》――」

そこまでいったとき、足をつかんでいる手にぐいっと引きずりおろされ、ルルはさけび声をあげて、ケータイを落とした。

スイーツ……まだあたしにはスイーツがある。

目を閉《と》じて祈《いの》りながら、ルルは心霊《しんれい》スイーツを口に入れた。

第二十八章　ローマン・フィッシャー

「プードル！　いったいどうやってここに来たんだ？」

トーキルの血のように赤い口が意地の悪い笑顔をつくると、ドラキュラの白い顔をバックに、歯が黄色く浮《う》かびあがった。その顔は、おどろいているようにも、おもしろがっているようにも見える。

ルルはなにもいわなかった。今もまだ頭の中でパパに信号を送り、自分とフレンチーをどうやって見つけるかおしえることにいそがしかったからだ。つかまった瞬間《しゅんかん》からずっと送りつづけているけど、確実《かくじつ》にパパにとどくように、何度もくりかえす必要がある。

〈タワー・ハムレッツ……ミートフック・レーン……建築現場《けんちくげんば》……マンホール……〉

「とんできたのよ」フレンチーが皮肉たっぷりにいった。

「ファーストクラスで」

ルルとフレンチーをつかまえたふたりの男は、黒いつなぎを着ていた。つなぎのそでを飾《かざ》っているのはもちろん、あのおなじみの、王冠《おうかん》マークと魚のしっぽをした金色の馬のロゴだ。男たちはルルとフレンチーを、〈ローマン・フィッシャー・エンタープライズ〉社のオフィスに連行した。今ルルたちがいるドーム型天井《がたてんじょう》のオフィスからは、地下運河《ちかうんが》の近くに建つ、四角い小さな建物が見える。運河《うんが》のドックに係留《けいりゅう》されているのは、ルルとフレンチーがこっそり乗りこんできたあの細長い舟。少し先に、舟が通ってきた大きな門が見える。そしてオフィスには、ドラキュラ姿《すがた》のトーキルにヴァラミンタ、さっきの見張《みは》りとは別の男ひとり、そしてもちろん、ローマン・フィッシャーもいた。

ローマンは、ルルが頭の中に描《えが》いていたイメージとはちがっていた。やたらと派手なこの男が昔はモロッコで地道《じみち》に漁師《りょうし》をしていたとは、とても信じられない。でも、妖精王《エルフ・キング》のイメージにはぴったりだ。ローマン・フィッシャーはすごく背《せ》が低い。身なりも王にふさわしい。

今もたれている、だいぶぐらついた古い机とは大ちがいで、あの『ファッション・ポリス』でさえ一目《いちもく》おいてくれるかもしれない。いかにも「イギリス紳士《しんし》でございます」って、拡声器《かくせいき》でがなっているような感じだ。うしろになでつけた髪《かみ》は、はいている革靴《かわぐつ》と同じくらいピカピカで、キャンディの包み紙みたいなストライプのシャツには、高くてガチガチの襟《えり》がついている。あんな襟《えり》で、首がまわせるんだろうか？　三つぞろいのピンストライプのスーツを着て、ボタンホールに懐中時計《かいちゅうどけい》の鎖《くさり》まで通した人なんか、最近見たことあったっけ？　まぬけなつなぎ姿《すがた》の男たちとならぶと、ローマンはまるでその男たちの、ピカピカの新しいおもちゃみたいに見える。

「うーっ、信じられない！」ヴァラミンタが鼻息あらく吐《は》きすてた。

すわっているのは、あまりにヴァラミンタらしくない、ビニールがやぶれたオフィス用のイスだけど、それ以外は、黄緑色のジャージードレスと黒いエナメルブーツ姿《すがた》でいつもどおりのピカピカだ。片腕《かたうで》には、デザイナーものの衣装《いしょう》（ハロウィン用のキラキラ光る月と星をちりばめた黒いジャンパーに、頭におそろいのリボン）を着けた、おかしなチビ犬のプーチーを抱《だ》いている。そしてもう片方《かたほう》の手で胸《むね》にしっかり抱《だ》きしめているのは、小さな黄色い本。『アップル・スター』だ。

「ねえ、この子たち、ここまであたくしたちのあとをつけてきたみたいだけれど、さっさと帰して、商談《しょうだん》をつづけたほうがいいと思うわ」

「まあ、まあ……」ローマン・フィッシャーがいった。

「しばしのお時間を。いくつかききたいことがありますから」

ローマンのしゃべり方は、やたらとお上品で、大理石みたいに冷たい感じだ。

「ムダだもん！」ルルは横からかみつくようにいった。

「悪だくみなんか、とっととあきらめなさいよね。パパがこっちにむかってるんだから、それに警察も連れてくるんだから」

ヴァラミンタがばかにしたようにふきだした。

「オッホホホ！　なるほどね！　ローマン、この娘《むすめ》は夢想家《むそうか》なの。想像力《そうぞうりょく》がたくましすぎるったらないのよ」

「グルルル――キャン！」ハロウィン・プーチーが大げさにつけくわえた。

「ほんとだもん」とフレンチーがくってかかった。

「だいたいその本はルルのもんでしょ。そっちがぬすんだくせに！　どうやって手に入れたのか、きっと警察《けいさつ》が知りたがるはずだからね」

ローマンがおどろいた顔でヴァラミンタを見て、感心したようにいった。

「これは、これは！　あなたにはますます興味《きょうみ》をかきたてられますな、ミス・ガリガリ・モージャ。しかしあいにく、この小さな迷《まよ》いネコどもを、ただ解放《かいほう》するってわけにはいかないんですよ。ここに来てしまったからには、あまりにも……なんというか、危険《きけん》が大きすぎましてね」

「あたしの本を返してよ！」

ルルはわめいた。ローマンの手下が、ルルをつかんでいた手に力をこめた。

「ったく、だまれ！」ローマン・フィッシャーがぴしゃりといった。さっきまでのベタベタしたしゃべり方が、いきなり怒《おこ》った口調に変わった。

「おまえみたいな人間にはうんざりなんだ！　ほんとにご立派《りっぱ》だよ。きっと自分はなにかの〝特別な贈《おく》り物《もの》〟を受けついだと考えてるんだろ？　いかにも、自分は善人《ぜんにん》でございって、思ってるんだろ？　あいつみたいに、あの――」

「カサンドラ？」とルル。

「なんだ、知ってるのか？」

「あんたのいとこよ」とフレンチー。

一瞬《いっしゅん》、ローマン・フィッシャーがギクッとして、すぐにそのおどろきをかくした。「うそだ」とぶっきらぼうにいう。

「まったく、わかったもんじゃないな。あの頭のおかしな女が、おまえたちのちっぽけな脳《のう》みそに、どんなたわごとをつめこんだんだか。はっ！　まったく自己中心的《じこちゅうしんてき》な連中だ——おまえたちはそういう人間なんだよ！　自分たちだけが資格《しかく》をあたえられたと思いこんでる……じゃあ、残りのわたしたちはどうなる、えっ？　だが、どうだ？　そこそこまともなビジネス精神《せいしん》をもった人間があらわれたとたん」

といって自分のこめかみをすばやくつつき、

「『おお、あたしたちのちょっとした秘密《ひみつ》を、あのひどい悪魔《あくま》から守らなきゃ』ときたもんだ！」

「その娘《むすめ》こそひどい悪魔《あくま》よ」とヴァラミンタがいった。

「この小娘《こむすめ》は、もうじゅうぶんあたくしを苦しめてきたの。でも、お嬢《じょう》さん、こんどばかりはうまくいくもんですか！　これはほんとにすばらしい協力事業《きょうりょくじぎょう》になるのよ」

といって、目をキラキラさせながらローマン・フィッシャーに手をのばした。

「もっといえば、帝国《ていこく》になるの！」

「ローマ帝国《ていこく》だ、ハッハッハ！」と、ローマン・フィッシャーがヴァラミンタの手をとった。そびえ立つヴァラミンタの横にいると、その姿《すがた》はこっけいそのものだ。

「いいかね、小さな善人《ぜんにん》ども」とローマンがつづけた。

「ちょっとかじっただけのおまえたちのチンケな知識《ちしき》なんぞ、わたしのような偉大《いだい》な錬金《れんきん》術師《じゅつし》の仕事に、張《は》りあえるわけがない。わたしはこの瞬間《しゅんかん》を何年も待ちつづけてきたのだ！　今まで、たったひとつの材料でがまんするしかなかった……。おまえたちがクイックシルバーの実と呼《よ》ぶ材料でな」

ルルはなおも頭の中でせっせとパパに指示《しじ》を送りつづけていたが、ウィッシュ・チョコレートに使った、あの頭をとぎすますための材料が話題になると、耳がぴんと反応《はんのう》した。

「その材料、どこで手に入れたの？」

「とある秘密《ひみつ》の島だ」とローマン・フィッシャーがうすら笑いを浮《う》かべた。

「木に金がなるところさ！　ほら」

そういってルルにマッチ箱より少し大きな箱を投げつけた。

ルルは箱のラベルを読んだ。

「ミ……ミダス・タッチ？」

「先を読んでみろ」

ルルは箱をひっくり返した。こう書いてある。

富《とみ》をきずくことは、ひとにぎりの人間だけのものとお考えか？　とん

でもない！　独自《どくじ》の秘密処方《ひみつしょほう》によるこの〈ミダス・タッチ〉の錠剤《じょうざい》を一定量飲めば、金もうけの手腕《しゅわん》ははてしなくアップすることまちがいなし！

ルルはただただうんざりしていた。クイックシルバー本来の姿《すがた》も目的も、おぞましいほどゆがめられている。

「知ってると思うけど、ギリシャ神話のミダス王は、ふれたものすべてを黄金に変える手をもらって、すっごく不幸になったんだから」

ローマン・フィッシャーが笑いながら、ヴァラミンタとトーキルに共謀者《きょうぼうしゃ》めいた視線《しせん》を送った。

「この娘《むすめ》がわたしの天才的な営業戦略《えいぎょうせんりゃく》をよく思わないことは、わかってましたとも！」

そういって、信じられないとでもいうように頭をふりながらゆっくりとルルに近づいた。

「おろか者……おろか者……」とローマンはルルのあごをもって上にむけた。

声には、したたり落ちそうなほどのさげすみがこめられている。

「人間はほとんどがおろか者なのだよ。連中は自分が信じたいことを信じる」

そこでルルから箱をとり返し、しゃかしゃかとふってみせた。

「だからこそ、こういうものがさん然と光《ひか》りかがやくのだ！」

そしてまたヴァラミンタのほうにさっそうともどっていった。

「想像《そうぞう》してみたまえ……たったひとつの材料でこれだけのものができるとしたら、すべてのレシピ……レシピ満載《まんさい》の本がまるごと一冊《いっさつ》あれば、どれだけのことが可能《かのう》か！　おお！」

ローマン・フィッシャーはうっとりしたように目を閉《と》じた。

おそろしいことにルルには、その想像《そうぞう》がつきすぎるくらいついてしまう。

「そう、これで錬金術《れんきんじゅつ》の達人のもとに、すべての要素《ようそ》がととのったわけだ。土と水、あるいは、ここにごらんの食材と飲料」

そこでローマンは、カサンドラのところからぬすみだしてきた材料の木箱をさし示《しめ》した。

「そしてこの有名な天体、『アップル・スター』があわさり、太陽、そして錬金術《れんきんじゅつ》の達人その人の」

そこで小さい胸《むね》をほこらしげに張《は》っていった。

「燃《も》えるようなタッチで火がついて、生まれてくるのは純金《じゅんきん》。それも無限《むげん》の純金《じゅんきん》だ！」

ルルは自分の耳をうたがった。この地下の妖精王《エルフ・キング》はペテン師《し》ってだけじゃない。あぶないカンちがい男だ。ところがヴァラミンタとトーキルは、そのカンちがいを真に受けて、すぐに自分たちも無限《むげん》の富《とみ》の世界とやらに近づけると信じこんでいる。トーキルのお金もうけの計画について、昔ヴァラミンタがよく自慢《じまん》げに話していたのを思いだした。

「この子は二十歳《はたち》になる前に、百万長者になってるわ！」

まるであの予言が実現《じつげん》しようとしているみたいだ。

「さて、このふたりをどうしたものかな？」とローマン・フィッシャーがつづけた。

「チッチッチッ……さて……」

「前にこいつと取り引きしようとしたんだ」

とドラキュラ・トーキルがいって、ルルを指さした。

「ムダだったね！」

「この子は悪だくみが得意なのよ！」とヴァラミンタもつけくわえた。

「むむむ……」ローマン・フィッシャーが腕組《うでぐ》みをして、あごをかいた。

「それはきわめて都合が悪い……まあ、事故《じこ》とでもいうことで……」

ローマンの横に立つ、ブロンドで胸板《むないた》の厚《あつ》い大男が、舌《した》なめずりするように、ソーセージみたいな大きな手を曲げたりのばしたりしはじめる。またひとり、別の黒いつなぎの男が部屋に入ってきた。恐怖《きょうふ》のあまり、ルルの肌《はだ》に刺《さ》すような痛《いた》みが走った。

第二十九章　ソーセージ男

　ローマン・フィッシャーが、どんな事故《じこ》でルルとフレンチーを料理してやろうかと、思いをめぐらしている。地下のじめじめした風通しの悪さに、ルルは吐《は》き気《け》がした。

　そのときとつぜん、どこかから「ネズミだ！」とさけび声がして、茶色い毛の小さな生き物が、ヴァラミンタの足めがけて突進《とっしん》した。

「ヒーーッ！」

　ヴァラミンタが悲鳴をあげてひっくり返り、キャンキャン発作がはじまったプーチーと『アップル・スター』の両方が手からはなれた。すぐさまトーキルが『アップル・スター』にとびついたが、いつのまにか、さっき部屋に入ってきたあの黒いつなぎの男が前に突進《とっしん》し、先に『アップル・スター』をつかみとっていた。ヴァラミンタはなおも悲鳴をあげつづけ、ソーセージみたいな手の男がネズミを引きはなそうとしている。でもルルは気づいた。あれはネズミじゃない。ラムセスだ。そして今、『アップル・スター』をにぎっている〝黒いつなぎの男〟は、ほかでもないカサンドラだ！

トーキルとローマンがカサンドラにおそいかかった。

「ストップ！」カサンドラが『アップル・スター』を高々とあげてさけんだ。

「忘《わす》れなさんな、マーフィン。あんたがあたしの家から略奪《りゃくだつ》した材料は、いつまでもなくならないってわけじゃないんだよ。仕入先の情報《じょうほう》が必要だろ？　それで、あんたにそれをおしえてあげることにしたんだ」

「それはよかった」

プーチーのキャンキャンつづく声を無視《むし》して、ローマン・フィッシャーがいった。

「しかし、わたしのことは名前のローマンで呼《よ》んでいただけるとありがたい。わたしの部下をどうしたのかね？」

カサンドラが肩《かた》をすくめた。

「あの男ならだいじょうぶ。それからあんただけど、ほしい情報《じょうほう》は、この本が正当な持ち主のもとにもどって、ルルと友だちが自由の身にならないと、手には入らないよ」

「おや、それは無理だと思うがね」とローマンが高笑いした。

「ならいいさ、本をとったらいい。レシピがわんさと手に入るよ」

カサンドラがローマンの鼻先に『アップル・スター』をちらつかせた。ローマンが手をのばし、カサンドラが本をさっと遠ざける。

「そのかわりあんたは、あたしから材料の仕入先についてはひとことだって聞けない。これは本気だよ。そしたら、例の帝国《ていこく》をきずくことなんか、できないんじゃないかい?」

ローマン・フィッシャーが考えこむように目をほそめ、腕組《うでぐ》みして、また少しうろうろしはじめた。ご主人さまのとなりにもどってきたソーセージ男が、煮《に》えくりかえるような怒《いか》りの目でカサンドラをにらみつける。ヴァラミンタとプーチーは、ドラキュラ・トーキルに介抱《かいほう》されても、まだラムセスの仕打ちから立ちなおれないようすで、ぼろイスの中で失神《しっしん》しかけている。

「だけど、材料を無限《むげん》に仕入れることだってできるんだよ」とカサンドラがつづけた。「あんた、自分でいってるとおり、たったひとつの材料でなかなかみごとなもんをつくったじゃないか。ほかの材料があれば、きっとありとあらゆる創作品《そうさくひん》がつくれる。で、マーフィン、どっちにする? レシピ本かい……それとも材料かい?」

ローマンが本を見て、次にカサンドラを見た。ほっぺたの筋肉《きんにく》がヒクヒクと動く。

「むろん、別の道もある」ついにローマンが口を開いた。

THE APPLESTAR
BY AMBROSIAMAY

「コピーをとれば――」

「そんなの時間のムダ。コピーなんかできないんだから」とルル。

「あんたみたいな人間から守るために、本に組みこまれた機能《きのう》だよ、マーフィン」

とカサンドラがいいそえる。

「わたしの名前はローマンだ！」

食いしばった歯のすき間から、ローマン・フィッシャーがいった。ソーセージ男はすっかりこうふんして、やぶにらみの目が、今では寄り目《よりめ》になっている。

ローマンが一瞬《いっしゅん》だまりこんだ。そして顔いっぱいにつくり笑いを浮《う》かべて、ついに切りだした。

「あんたのいうとおりだな。その子にささやかなおもちゃを返してやるべきだろう……そいつは重要じゃあない」

ルルは、ローマンがさっとヴァラミンタと目をあわせるのに気づいた。ローマンが両手を広げ、「さあ！」と調子よく提案《ていあん》する。

「本を返してあげるといい、ぜひそうしてくれ」

「その子たちと本が無事に帰り着いたってわかるまで、あたしはひとことだってしゃべらないよ」カサンドラが警告《けいこく》した。ローマンのほおが引きつる。

「もちろんだとも」

追いつめられてそんなことといっているけど、ローマンはカサンドラの願いどおりにするつもりなんかない。ルルにはちゃんとわかる。ふりだけしてすまそうって魂胆《こんたん》だ。

でももちろん、そんな手にのるカサンドラじゃない。

「……それから、無事を確認《かくにん》するには、あたしがその子たちについていって、この目でたしかめるしか方法はないよ」と彼女《かのじょ》がつけくわえた。

ヴァラミンタがいきりたって鼻を鳴らした。

「ローマン、あなたまさか――」

ところがいい終わらないうちに、ソーセージ男がついにキレてカサンドラにとびかかり、大きな手で『アップル・スター』をひっつかみながら、もう片方《かたほう》の手で彼女《かのじょ》の上半身をしめあげはじめた。

「やめろ、このばか者！」

ローマンが金切り声をあげてとびはねると、懐中時計《かいちゅうどけい》の鎖《くさり》がジャラジャラ音をたてた。

でもソーセージ男は断固《だんこ》としてやめない。カサンドラは男の腕《うで》の中でもがき、ラムセスは男の足首を攻撃《こうげき》し、そのさわぎにまたしてもプーチーがとりみだす。

「まあ、やめてちょうだい！」ヴァラミンタがとびあがってさけんだ。

「こんなの、あたくしのベイビーにはたえられないわ！」

彼女《かのじょ》の腕《うで》の中でプーチーがはげしくふるえ、キャンキャン吠《ほ》えていた声が今やキーキーふるえ声になっている。

「この子の小さな心臓《しんぞう》が……薬をもってないのよ！」とヴァラミンタがつづける。

「緊急事態《きんきゅうじたい》だわ——獣医《じゅうい》に診《み》てもらわなきゃ、今すぐ！」そういってチビ犬にしがみついたまま、運河《うんが》のみじかい引き船道を小走りでかけだし、大きな門にむかった。

「だれか、これをあけてちょうだい！」

門をばんばんたたきながらわめくと、数秒後、門がぎしぎしと開きはじめた。

「アララララロウ、アララララロウ！」ショック状態《じょうたい》のプーチーが声をあげる。

するとそのとき、「ドスン！」ととてつもなく大きな音がした。面くらってルルがふりかえると、ソーセージ男がばったりうつぶせにのびている。トーキルにたおされたらしい。そのひょうしに、カサンドラと『アップル・スター』が両方とも男の手からはなれ、こんどはトーキルが本を手に、門にむかってダッシュした。

「つかまえろっ！」

ローマン・フィッシャーが命令し、手という手がトーキルとカサンドラと『アップル・スター』にむかったため、ルルとフレンチーは急に自由の身になった。たちまち全員が水門のほうに走りだす。

石段《いしだん》をあがり、せまい通路をぬけ……新鮮《しんせん》な夜の空気をむさぼるように吸《す》いながらルルは走りつづけ、今、大きな船着《ふなつ》き場《ば》に入ろうとしていた。そうだ。パパに居場所《いばしょ》を伝えなきゃ……〈大きな船着《ふなつ》き場《ば》〉ルルは頭の中でいいつづけた。〈あたしたち、今は地上に出て、テムズ川ぞいの大きな船着《ふなつ》き場《ば》に入ったの〉

そしてそのあいだもずっと、走って、走って、走りつづけている……トーキルはまだずっと先を行き、そのうしろをローマンの手下のふたりが追っかけている。

「トーキルのやつ……どうやって材料を手に入れるか……わかんないくせに！」

ルルはハアハア息を切らしてフレンチーにいった。

「なに考えてんだろ？」

「さあ……心霊《しんれい》サワーのききめが切れちゃってるから」

フレンチーもあえぎあえぎいう。

「やだ、そんなつもりじゃ――」

「でも、予想どおりだよ」船着《ふなつ》き場《ば》の角を曲がりながら、フレンチーがつづけた。「あいつってすごい欲《よく》ばりだもん……ローマンと山分けなんてしたくないんでしょ。たぶん……思ってるんだよ……なんとかして自分で仕入先を見つけられるって！」

どうするつもりなんだか……とルルは思った。でもトーキルは、それしきのことであきらめるような人間じゃない……。

しゃべっていたせいで走るペースが落ちているのに気づき、ルルは体を前におしだした。胸《むね》が大きく波を打つ。フレンチーも同じようにしてついてくる。そうして半円形の船着《ふなつ》き場《ば》を走りぬけたふたりは、今、玄関口《げんかんぐち》となる巨大水門《きょだいすいもん》の、どっしりしたいくつものゲートを見おろしていた。そのむこうでは切りたつ急斜面《きゅうしゃめん》が、はるか下をキラキラ流れる広大な黒いテムズ川へとつづいている。ルルとフレンチーは、うしろのみんなをどんどん引きはなしていく。カサンドラとローマンは大きくおくれをとってはいない。いっぽうヴァラミンタは、いちばんうしろを走っている。獣医《じゅうい》に電話をしていたらしい。

やがて道がせばまったころ、前方で、トーキルが急に左の路地にとびこむのが見え、ルルもあとを追った。ところが角を曲がると、道はまたしてもテムズ川への切りたつ急斜面《きゅうしゃめん》へとまっすぐつづいている。同じことに気づいたトーキルがパニックを起こし、ふりかえった。もう敵《てき》に立ちむかうよりほかはない。トーキルがふたりの男めがけてサムライのような雄《お》たけびをあげながら、びゅんとばかりに突進《とっしん》した。

「うっ!」ソーセージ男がうめき声をあげる。

それでも男はなんとかトーキルをひっつかみ、こんどはすさまじい乱闘《らんとう》がはじまった。

そのとき、『アップル・スター』が地面にころげ落ちた。手なんかつぶされたっていい。ルルは、雷鳴《らいめい》のように地面をふみ鳴らすブーツの中にとっさに手をのばし、小さな黄色の本を……つかんだ! そしてスカートをたくしあげ、丸石をしいた路地をもうスピードでかけもどった。

「大きな船着《ふなつ》き場《ば》」こんどは大声でさけんだ。

「お願い、パパ、今すぐあたしを見つけて!」

船着《ふなつ》き場《ば》のそばにいなきゃ、と自分にいい聞かせる。さもなきゃ、パパが見つけられるわけがない。ああ、パパ、パパ、どこにいるの? ルルはいそいで角を曲がり、来た道を引き返して細い通りをもどる。よごれた手で大切な本をぎゅっと抱《だ》きしめているせいで、にぎった指の関節が胸《むね》にくいこんでくる。水門にかかる橋が近づいてきた。

ところがそのとたん、ローマン・フィッシャーがあらわれ、道をふさいだ。ルルはハッと息をのみ、むきを変えて右に突進《とっしん》する――ローマンの手下のほうにもどりたくなければ、それしかない。ところがそっちは、船着《ふなつ》き場《ば》の玄関口《げんかんぐち》の、そびえ立つ壁《かべ》のはずれへとつづいている。

水門のゲートをいきおいよくすりぬけていく水の音が、くらくらする頭の中に、あふれかえる。その音を感じながらルルは、テムズ川につづく建物四階分の高さの急斜面《きゅうしゃめん》と自分の体とをへだてるものが、なにひとつないってことに気づいた。下を見るなと自分にいい聞かせて、カーブを曲がりつづけた。

すると、びっくりするもの、そしてうれしいものが目にとびこんできた。

パパとアイリーンが、こっちに走ってくる！

「パパ！」とさけんだそのとき、ガクンとうしろに引きもどされた。

ローマン・フィッシャーがおどろくほどたくましい腕《うで》をルルの肩《かた》にがっちりとまわし、断崖《だんがい》のほうへと引っぱりはじめたからだ。

「助けて！」ルルは悲鳴をあげながら、腕《うで》をふりほどこうともがいた。

「本をはなせ！」

といって、ローマンがもう片方の手で『アップル・スター』をもぎとろうとする。

でもルルはせいいっぱいの力で本にしがみつきながら、あっちへこっちへがむしゃらにキックをとばした。そのとき、また別の腕《うで》が腰《こし》にまわされ、それがパパの腕《うで》だと気づいた。パパとローマンが逆方向《ぎゃくほうこう》にルルを引っぱりだす。こめかみに血管を浮《う》かせて、ルルを断崖《だんがい》から引きはなそうとするパパ。手はしっかりルルをつかんでいるけど、それはローマン・フィッシャーも同じだし、ルルをはなせないパパは、ローマンにタックルをくらわせることもできない。それに、ひたすらルルを助けたいだけのパパとはちがって、ローマンの眼《がん》中《ちゅう》にあるのは『アップル・スター』だけ。ルルが悲鳴をあげるなか、本をにぎる手がだんだんとローマンに引きはがされていく……。

とつぜん「バシッ」と音がして、はげしくゆれ、大きなうめき声があがった。だれかがローマンの顔にパンチを入れたからだ。やった、アイリーンだ！　ところがおかげでローマンの手がはらいのけられ、いっしょにルルの手も引っぱられて、なにがなんだかわからないうちに、『アップル・スター』をつかんでいた手がはなれてしまった。

「ダメー！」ルルの悲鳴がひびくなか、本がすーっと空《くう》を切っていく。

『わたしのかわいいルルへ、お誕生日《たんじょうび》おめでとう！　たくさんの愛をこめて、ママより』

と書かれた大切な本が、ページをはためかせ、眼下《がんか》の深い底へとまっさかさまに落ちていき、テムズ川の波立つ黒い水に飲みこまれてしまった。

THE APPLE STAR
BY AMBROSIA MAY

第三十章　ライムハウスの逮捕劇《たいほげき》

一瞬《いっしゅん》、時が止まった。テムズ川は、まるでなにごともなかったみたいに、あいかわらず切りたつ斜面《しゃめん》に当たっては、くだける水音をたてつづけている。小さな光がゆうゆうと空をわたっていく。どこか遠い場所にむかう飛行機がもうスピードで空を進むその姿《すがた》は、まるで流れ星のようだ。あの星《スター》はすぐにまたもどってくる。でも『アップル・スター』はちがう。「消えちゃった……」ルルは、それだけいうのがやっとだった。

ふと、ふしぎな植物でいっぱいの家の庭、もう秘密《ひみつ》でなくなった屋根裏《やねうら》の材料のことを思いだした。どうやって組みあわせればいいのかがわからなきゃ、あんなもの、なんの役に立つっていうの？　そんなの、ちがうパズルのピースを使って、ジグソーパズルを組み立てるようなもんだ。

空気を切りさく音が、じょじょにけたたましくなってきた。耳鳴りがしているのかと思ったら、やがて、それがパトカーのサイレンだと気づいた。パパがそっとルルを断崖《だんがい》から引きはなしながら、いっている。

「だいじょうぶ……なにも問題ない」

ううん、そんなことない。そう心の中でつぶやきながら、ルルはパパに連れられるまま、安全な場所まではなれた。アイリーンが元気づけようとしてくれても、ルルの心は感覚をなくしている。たったひとつのレシピの、たったひとつの指示《しじ》を思いだそうとしても、頭の中はぐちゃぐちゃ。すべてがぼんやりかすんでいる。それに、たとえなにか思いだせたとしても、書きとめようとしたとたん、どうせ消えちゃうだけだ。もうダメ、どうにもならない……。

断崖《だんがい》に立ちつくしたままのローマン・フィッシャーは、芝居《しばい》のマスクみたいに、大げさなほど口をへの字に曲げていた。ローマンもまた、ショックでぼうぜんとしている。ローマ帝国《ていこく》をきずく夢《ゆめ》がなにもかも、永遠《えいえん》に消えてなくなったからだ。ところがやがて、ハッとわれに返ると、ローマンはアイリーンにむかっていった。

「このバカ女、なんてことしてくれたんだ！」

そして、もうぜんとアイリーンにとびかかった。

「危《あぶ》ない！」

パパがさけぶと、アイリーンが電光石火《でんこうせっか》の速さでころがるように身をかわし、そのまま百八十度回転して、ローマンにキックをお見舞《みま》いした。ぴかぴかの靴《くつ》でうしろによろけたローマンは、カーブのむこうからあらわれた警官《けいかん》たちの中にのみこまれた。ふたりの警官《けいかん》が、妖精王《エルフ・キング》のピンストライプのそでをひっつかんだ。

パパは、アイリーンのうしろ姿《すがた》をぼうぜんと見つめていた。あっけにとられて、目にかかった髪《かみ》をはらうのも忘《わす》れている。

「ワオ!」と小さく声をあげ、ようやくアイリーンを助けおこしにかけよった。

「アイリーン、だいじょうぶかい?」

「ええ、ご心配なく!」

どうってことないみたいにアイリーンはこたえた。でもルルは、アイリーンがほこりをはらいながらふるえているのに気づいた。

「ご協力に感謝《かんしゃ》しますよ」警官《けいかん》のひとりがいった。

「もう少しでこいつに逃《に》げられるところでした」

「おれ、なんもやってねえ!」ローマン・フィッシャーが抗議《こうぎ》した。

今の今まで、洗練《せんれん》された〝イギリス紳士《しんし》〟ぶってたくせに、いきなりなまりの強いアクセントにもどっている。ルルは信じられない思いでローマンを見つめた。

ルルとパパとアイリーンは、警官《けいかん》とローマン・フィッシャーのあとについて、水門のわきに集められた集団《しゅうだん》のところにもどった。フレンチーとカサンドラの視線《しせん》の先では、ほかの警官《けいかん》たちに一列にならばされたローマンの手下とヴァラミンタとトーキルが、容疑者《ようぎしゃ》の権利《けんり》を読みあげられている。ボディに〈ペット救急車〉と書かれたワゴン車が一台、すぐそばに停車し、車のうしろではプーチーが、最高級の緊急処置《きんきゅうしょち》を受けているところだ。

「ヴァラミンタ！」パパがギョッとしていった。

「ここでなにしてる？　いったいどうなってるんだ？」

「弁護士《べんごし》を呼んでちょうだい！」

ぼさぼさに髪《かみ》の乱《みだ》れたヴァラミンタが、ふるえる声でいいはった。そして「ああ、かわいそうなベイビー！」と、ショック状態《じょうたい》の小犬のほうにじっと目をやった。

ルルは落ちつかない思いでカサンドラを見た。彼女《かのじょ》は『アップル・スター』のことを警察《けいさつ》にいうだろうか？　ううん、そんなわけない。あたしをそんな好奇《こうき》の目にさらすようなまねはしないはずだ。今ここで起きてることは、明日にはニュースがこぞってとりあげる。それを考えたら、なおさらだ。

そんなことを考えていると、カサンドラと目があって、彼女《かのじょ》がウインクをしてみせた。これで秘密《ひみつ》は無事だってことがはっきりした。大事な魔法《まほう》の本。ルルが受けつぎ、今やテムズ川の泥《どろ》の中にみじめにしずんでいる、すばらしい遺産《いさん》。そんな『アップル・スター』を失ってやけくそ気分ではあるけど、それでもやっぱり、本のことすべてを警察《けいさつ》に説明するなんて、うれしくはない。

女性警官《じょせいけいかん》がローマン・フィッシャーに手錠をかけた。

「これ、大きな誤解《ごかい》」ローマンがなおもニセのアクセントを使っていいはった。

「おれ、この人たちのケンカ、止めようとしただけ。トラブルこまる。ここ、休暇《きゅうか》で来ただけ」

カサンドラがあっけにとられてローマンを見た。

「へえ、ほんとかい、ローマン・フィッシャー？　なら、〈ローマン・フィッシャー・エンタープライズ〉を経営《けいえい》してるのはだれなんだい？」

ローマンがいぶかしげにカサンドラを見た。

「なんのことかわからない。おれ、マーフィン・ロッシャー、モロッコから来た。休暇中《きゅうかちゅう》ね。時計台《ビッグ・ベン》、大観覧車《ロンドン・アイ》見る。トラブルこまる」

ルルはあきれ返っていた。もちろん、こんなのすぐにバレるでしょ？

「署《しょ》にもどってじっくり釈明《しゃくめい》してもらいましょうか」担当《たんとう》の警官《けいかん》がいった。

そして、こんどはヴァラミンタのほうをむいた。

「それからこっちだが、まったくとんでもない短気な女だな」

「まったくよ」と、さっきの女性警官《じょせいけいかん》が頭をさすった。

「見てよ、このコブ。彼女《かのじょ》にピンヒールでなぐられたんだから！」

最初の警官《けいかん》が息をのんだ。

「ひどいことを」そしてヴァラミンタのほうをむいた。

「うちのおふくろはあんたの大ファンなんだ。あの番組、『ファッション・ポリス』が大好きなんだよ。なんていうんだった？『おしゃれ違反《いはん》の罪《つみ》でタイホする』ってか。おふくろのお気に入りだったのに。けど、おれはな——いいか、うちに来て、おれの暮《く》らし方を指図しようなんてしたら、たたきのめしてやるからな！」

そういって青あざのできた同僚《どうりょう》のほうをむきなおると、楽しそうにもみ手をした。

「あのさ、前は自分の仕事にうんざりしてた時期《じき》があったんだ。書類《しょるい》づくりだなんだって、そんなのばっかりで。でもそんなとき、こういう瞬間《しゅんかん》がひょっこりやってきて、やりがいのある仕事にしてくれるんだよな。いってる意味、わかる？」

「もちろんよ」と女性《じょせい》警官《けいかん》。

ルルは、ほかの警官《けいかん》たちがまじめくさった顔をくずすまいと必死になっているのに気づいた。みんなも『ファッション・ポリス』のことを知っていて、この状況《じょうきょう》を心から楽しんでいるらしい。

「ピンヒールだって？」さっきの警官《けいかん》が手錠《てじょう》を出しながらいった。

「そいつは特別な容疑《ようぎ》が必要だと思うが、どうだ？　じゃあ行くぞ。ヴァラミンタ・ガリガリ・モージャ、おしゃれ乱用罪《らんようざい》で逮捕《たいほ》する！」

ほかの警官《けいかん》たちから拍手喝采《はくしゅかっさい》がわきあがった。女性警官《じょせいけいかん》がにっこりほほえむ。

「あたしでも、そううまいのは思いつかなかったわね」

第三十一章　解決《かいけつ》……？

　サングラスをかけ、バッグで顔をかくしながらいそいで車の後部シートに乗りこむブロンドの女の人に、カメラが寄《よ》っていく。

「テレビスター、ヴァラミンタ・ガリガリ・モージャにむけられた疑惑《ぎわく》にかんし、本日、さまざまな憶測《おくそく》が広がっています」と映像《えいぞう》に重なって声が流れる。

「人気テレビ番組、『ファッション・ポリス』に出演中《しゅつえんちゅう》の四十二歳《さい》のスターが、昨夜おそく、ロンドンのライムハウス地域《ちいき》で起こった乱闘《らんとう》にかかわったとして逮捕《たいほ》されました。警官に対する暴行《ぼうこう》で罰金《ばっきん》を科されましたが、乱闘《らんとう》の状況《じょうきょう》から、ガリガリ・モージャさんがほかの罪《つみ》で告発《こくはつ》される可能性《かのうせい》もささやかれています。また、乱闘《らんとう》にかかわった別の人物は、身元をめぐって議論《ぎろん》を呼《よ》んでいます。観光客だと主張《しゅちょう》する五十四歳《さい》のこのモロッコ人は、じっさいは〈ローマン・フィッシャー・エンタープライズ〉という違法《いほう》な貿易会社《ぼうえきがいしゃ》の社長、ローマン・フィッシャー氏であるという疑惑《ぎわく》を否定《ひてい》。同氏の主張《しゅちょう》は、三人の友人によって裏《うら》づけられ――」

「あいつの手下だ！」ルルはさけんだ。

「もちろん、連中はあいつを援護《えんご》するだろうさ」パパがいった。

「じゃなきゃ、自分の身が危《あぶ》ないんだからな、そりゃそうだ！」

「……しかしながら、フィッシャー氏本人の所在《しょざい》はまだはっきりしておりません」

とニュースキャスターがつづける。

「ガリガリ・モージャさんは両氏とのいっさいのかかわりを否定《ひてい》しており、彼女《かのじょ》とモロッコ人は、さらなる調査《ちょうさ》を待つあいだ、保釈《ほしゃく》となっています」

「保釈《ほしゃく》ですって！」アイリーンがさけんだ。

「留置所《りゅうちじょ》にほうりこんで、カギをすてちゃえばいいのに！」

パパがテレビを切った。

「おそらくヴァラミンタには、一流弁護士《いちりゅうべんごし》をやとう金があるんだろうさ」

と、そっけなくいう。そしてルルに腕《うで》をまわした。

「それからもうひとりのほうだが――とにかく卑劣《ひれつ》で、ああいうのはぶちこんでやらないと――」

「うん、パパ。けど、あたしたち、告発はしたくない。理由はわかってるよね？」とルル。

パパがため息をついた。

「ああ、まあな……ま、少なくとも、もうルルにとって危険《きけん》な存在《そんざい》じゃないわけだし。おまえが無事に帰ってきてよかった」

「パパのおかげだよ」

「あの緑色のスイーツがなきゃ、できなかったさ。ヌードルはまちがいなく天才だな！

ほんとに心から誇《ほこ》りに思うよ」

ルルはおずおずとパパを見た。

「じゃあ、うそついて出かけたこと、怒《おこ》ってないの？」

「まさか！　今もちょっとショックはあるけど、でも怒《おこ》ってなんかないさ」

ゆうべのことがあって、今ではなにもかもが秘密《ひみつ》じゃなくなっている。あのふしぎな植物たちのはえた庭でほんとはなにが起きてるのかってことも、屋根裏《やねうら》にかくしたルルの魔法《まほう》の材料のことも。パパは、自分のつやつやの新しい髪《かみ》がルルのレシピのおかげだってことも知った。一週間のあいだルルが毎朝つくっていたあのナゲットが、いじめにあっている学校の友だちを助けるためだったってこと、そしてもちろん、霊媒《れいばい》サワーと心霊《しんれい》スイーツのことも、ルルがぜんぶ説明した。

パパに話していないことといえば、去年、トーキルがみにくい真実を暴露《ばくろ》したあの異様《いよう》なできごと（それがきっかけで、パパとヴァラミンタは別れている）が、魔法《まほう》のレシピのしわざだってことだ。それから、ルルがキューピッド・ケーキを使ってパパとフレンチーのママをくっつけようとしたことを、パパが知っているかどうかはわからない。知っていたとしても、それを話題にしないでくれている。

そして『アップル・スター』のことだ。もちろん、説明してくれとパパにいわれた。ハロウィンパーティーだなんていっておきながら、街のむこうで夜おそく、悪党《あくとう》どもに追いかけられて、いったい何をしてたのかについて。それでもちろん、ルルはすべてを説明した。そもそも『アップル・スター』がどうやってルルのところにやってきたのか、その本がママから贈《おく》られたように思えたこと――この話を聞くと、パパはすっかり目をうるませていた――本がぬすまれ、ルルとフレンチーがとり返そうとしていたことも。そして今、その本はもうない。

「なあ、こんなことといいたくはないけど――」とパパが切りだした。

「『本がテムズ川の底にしずんで、かえってよかった』」

ルルはパパのかわりにことばをつづけた。

「そういうつもりだったんでしょ?」

「今ルルがそんな話を聞きたくないのはわかってる。でも、それがパパの気持ちなんだ。もう二度とあんな危険《きけん》な目にあってほしくないんだよ」

ルルは目をふせた。

「パパにも見せてあげたかったな」

でも、たぶん見なくてよかったんだ……。

だって、ミラクル・クッキーとキューピッド・ケーキのレシピを見られちゃう。それでも、あの本がほんとにママからの魔法《まほう》の贈り物《おくりもの》だって信じてる心のどこかでは、やっぱり思ってる。パパにも秘密《ひみつ》をおしえてあげられたらよかったのにって。

「それからあの庭師《にわし》だけど、ほんとに変装《へんそう》したグロドミラだったのか?」パパがいった。

「うん。彼女《かのじょ》が『アップル・スター』をぬすんだんだよ、ぜったいそう」

パパがうめき声をあげて、両手に顔をうずめた。

「なんてことだ……それでいろいろ説明がつく。このあいだコスタスがいってたとこなんだ。〝アンドレアス〟がどこに消えたのかさっぱりわからないって。彼《かれ》がいうには、ふたりは地元のバーで定期的にカードゲームをやってたらしい……なんでも、アンドレアスはゲームは強かったけど、すごく無口だったっていうんだ。ところが姿を見せなくなって、コスタスが電話したら、つながらなかったってさ。まいったな、これからはもっと気をつけないと……てっきりふたりは旧友《きゅうゆう》だと思いこんじゃったんだよ！」

「パパのせいじゃないよ」

そういいながらルルは、これまでにないほど重苦しい気分だった。

二階の部屋にもどると、ベッドわきのテーブルから〈泥《どろ》だらけの長ぐつをはいたママ〉の写真を手にとった。

「なくなっちゃったなんて信じられないよ」ふと気づくと、そう話しかけていた。

「いったいあれはなんだったの、ママ？」ルルの目に涙《なみだ》がこみあげてくる。

「どんな意味があったの？　これからあたし、どうしたらいいの？」

第三十二章　クイックシルバーの木

ルルはひとりしずかにすわって、パパがたき火の準備《じゅんび》を手伝うのを見ていた。いつもは、毎年学校で開かれるガイ・フォークス・ナイトのパーティーを楽しみにしているのに、今夜はみんなでワイワイなんて気分じゃない。もう、さかさまケーキで陽気にできないパイ先生の退屈《たいくつ》な授業《じゅぎょう》、いじめる相手をまた別に見つけたジーナ・レモン……。なにもかもに、失ったものを残酷《ざんこく》なほど思い知らされている気がする。それにもうすぐ、アイリーンも失ってしまう。ウィッシュ・チョコのおかげで……。

たき火がパッと燃《も》えあがった。だぶだぶのお古のスーツ姿《すがた》でたき火のてっぺんに陣《じん》どったガイ・フォークス人形を見ているうち、ルルはふしぎとローマン・フィッシャーを思いだした。ハロウィン用の悪魔《あくま》のマスクをつけた人形の顔までが、ちょっとだけローマンに似《に》て見える。

「ハロー、ルル」耳慣《みみな》れた低い声がした。

ルルはびっくりしてとびあがった。

「カサンドラ!　ここでなにしてるの?」

「もちろん、あんたに会いに来たんだよ」といってカサンドラがルルのとなりにこしをおろした。そしてあたりをさっと見まわした。

「人の多い場所がいちばんプライバシーをくれるってこともあるからね」

「もしかして……見張《みは》られてるの?」

「マーフィンは今も自由の身だからね。それにあたしは今も、あいつのほしいものをもってる。だから、永遠《えいえん》にイギリスを去らなきゃならないんだよ」

「そんな、そんなのダメ!」ルルは大声をあげた。

「しかたがないのさ。でも、まずあんたに会いたかった。『アップル・スター』に対するあんたの気持ちはわかってるし、今ももってるものを思いださせてあげたくってね」

「なんのこと?」

遠くで花火が空にパッと輝《かがや》き、天の川の誕生《たんじょう》みたいに、きらめく光の尾《お》があふれだした。

「あんたの星だよ!」カサンドラがいった。

「おぼえてるかい?　時間と空間をこえてあんたに話しかける星のこと?」

「そんなの、もうなんの役に立つのかわかんない」

ルルはため息をつきながら、たき火の火花がうずを巻《ま》いて、黒い空高くただよっていくのを見つめた。炎《ほのお》がカサンドラの目にうつっている。

「あんたが見つけた目的は失われてなんかない、約束するよ。いったん目的をもったら、それは永遠《えいえん》にあんたのものになる――わかるんだよ、あたしも同じだからね」

「ねえカサンドラ。ローマン……じゃなくて、マーフィンになにがあったの？　どうしてあんなふうになっちゃったの？　あんな……」

なにからはじめたらいいのかわからず、ルルのことばがとぎれた。

「卑劣《ひれつ》？　強欲《ごうよく》？　あいつは昔っからずっとああだったと思うよ。あたしが予言した難破《なんぱ》の話はおぼえてるかい？」

「うん」

「それじゃあ、あの船がはこんでたのがどんな積《つ》み荷《に》だったか、見当《けんとう》は？」

ルルは眉《まゆ》をひそめた。そしてだんだんわかってきた。

「まさか！　それって――」

カサンドラがにっこりほほえんだ。

「わかったようだね！　生き残った最後のひとりが、あたしにすべてを託《たく》したんだよ。そのときにぎりしめてた、積《つ》み荷《に》の一覧《いちらん》と仕入先《しいれさき》のリストが入った箱をね。そんなことしたのは、あたしがその人を助けようとしたからなんだ。『きみが来てくれた、これで魔法《まほう》の秘密《ひみつ》は生きつづける』あの人はそういいつづけてた。そして息をひきとったんだよ」

「じゃあ、船が難破《なんぱ》したあの島に、ほんとに行ったの？」

カサンドラがうなずいた。

「信じられないだろうけど、それはマーフィンの考えだったんだよ。まずはおまえが岸に行ってみろって。ハヤブサに肉をついばまれて死なないか、ためすためにね。でもけっきょく、あいつは人助けになんか関心はなかった。興味《きょうみ》があったのは、略奪《りゃくだつ》を働《はたら》くことだけ。あたしがその生き残ってた人を見つけたときだって、助けようとはしなかった――あたしが〝魔法《まほう》の秘密《ひみつ》〟のことを打ち明けたときでさえね」

「けど、今になって気が変わったんだ！」

「そういうこと。まあ、じっさいには何年か前にだけどね。でも、あいつがあたしの行方《ゆくえ》をつきとめるには、長いことかかった……難破船《なんぱせん》から略奪《りゃくだつ》した貴重品《きちょうひん》を売ろうとして、七年間刑務所《けいむしょ》に入ってたからね。それに、じつは、ほんものの宝石《ほうせき》を見つけてたんだよ。もちろん、当時あたしにはおしえなかったけど。だから〝魔法《まほう》の秘密《ひみつ》〟なんか、あの男はどうでもよかった。ところが、刑務所《けいむしょ》を出るころになると、だいぶ気が変わったんだね。あたしのほうは、だれもあいつに居場所《いばしょ》をおしえないように手を打って、もうすでにロンドンにうつってた。そのころだよ、あいつがハヤブサ島にもどったのは。自力でなにが見つかるか、たしかめるためにね」

「それってあの『木にお金がなる秘密《ひみつ》の島』のこと？」

ルルは、「ローマン・フィッシャー」がクイックシルバーの実をどこで手に入れたか、皮肉たっぷりに説明していたのを思いだした。

「そうだよ。クイックシルバーの木はきびしい土地が大好きでね。岩に強風。あの島でも、ほかにはほとんどなにも育たないような場所にわざわざ種をつけて、七年後、みごとな木になってたってわけさ。知ってるかい？　熟《う》れた実をつけたクイックシルバーが日の光にかがやくと、ほんとにたわわに硬貨《こうか》をつけたみたいに見えるんだ。それがマーフィンのとてつもない計画のはじまりだったんだろうね」

「ミダス・タッチのこと？」

「そのとおり。でもけっきょく、あの男はもっとほしくなったんだよ。これが〝魔法《まほう》の秘《ひ》密《みつ》〟のほんの一部なら、ほかにおれのまだ知らない、どんなすばらしいものがあるんだ？　そう思ったんだね。そのとき、あたしの居所《いどころ》をつきとめようって気になったのさ。そして、あたしを見つけた。それに魔法《まほう》のレシピ本のことも知って……それをあたしがもってるか、さもなきゃ、もってる人間をあたしが知ってるって考えたんだよ」

「けど、きっとすぐにボロが出る。そしたらまた刑務所《けいむしょ》にもどるでしょ？」

「どうやって？　あの名前——マーフィン・ロッシャーは本物だよ。しかもあいつには、口裏《くちうら》をあわせてくれる仲間がおおぜいいる。今や筋金入《すじがねい》りの悪党《あくとう》で、万一つかまったときのことを考えて、ぜんぶ計画ずみだったんだからね。もちろん警察《けいさつ》は〈ローマン・フィッシャー・エンタープライズ〉を閉鎖《へいさ》したし、あそこにあったものはすべて没収《ぼっしゅう》されてる。〝ミダス・タッチ〟なんてのはあきらかなイカサマ品だし、あの男は税金《ぜいきん》もはらってないからね。でも、マーフィン・ロッシャーこそが謎《なぞ》の『ローマン・フィッシャー』だってことを証明できなければ、これからもあいつはまたどっか別の場所に、だれか他人になりすましてひょこりあらわれるだけさ。まるでギリシャ神話の怪物《かいぶつ》、ヒュドラみたいな男だよ。ひとつ首を切り落としても、そこからふたつの首がはえてくる。だからあたしはここを去らなきゃならない。でもあんたの贈《おく》り物《もの》についてさっきあたしがいったこと、忘《わす》れないでおくれ。あたしは本気で信じてる。贈《おく》り物《もの》はなにかの形で永遠《えいえん》にあんたのものだって……信じるんだよ、ルル！」

そういってカサンドラはルルの頭をぎゅっと抱《だ》きしめると、ローブをうしろにはためかせて、風のようにふわりと行ってしまった。

ルルはその場に残って、カサンドラがいっていたことすべてを理解《りかい》しようと、たき火を見つめていた。九つの頭をもつヒュドラの名前が出たことで、お気に入りの本、『ヘラクレスの十二の大仕事』にあった絵を思いだした。たき火の炎《ほのお》をながめていると、燃《も》えあがるたきぎの枝《えだ》が、ヘラクレスが使った松明《たいまつ》に見えてくる。ヒュドラの頭が増《ふ》えないように、切断《せつだん》した首の付け根を焼いたあの松明《たいまつ》に。きっと、なにかカサンドラを助ける方法があるはずだ……。

第三十三章　さよなら、アイリーン

チョコエクレア・キャラメル。これならちょっとは元気が出るかも。そう思って、ルルは売店の棚《たな》からキャラメルの箱を選びとった。外側のかたいキャラメルが口の中でとけて、中のチョコレートがとろーっと出てくる感じが気に入っている。なんとなくホッとする し——今は、あまりにもたくさんのものが目の前から消えようとしていて、手に入るなら、どんななぐさめだってほしい。カサンドラはこの国からいなくなる。アイリーンは明日うちを出て……そしてすぐに、永遠《えいえん》にさよならだ。

ルルが横をむくと、日曜版《にちようばん》の新聞の見出しが目にとびこんできた。〈ファッション・ポリスのスターがやくざの愛人〉とタブロイドの一紙が書きたて、〈ヴァラミンタのひそかなる裏《うら》の犯罪人生《はんざいじんせい》〉と、また別の一紙が派手《はで》にうたっている。どれもこれも、家から出るヴァラミンタをねらった、ぼやけた写真付きだ。ルルはさいふの中をチェックして、いくらお金があるかたしかめてから、新聞を三つぬきとり、キャラメルといっしょにカウンターの上においた。
　パパがいい顔をしないのはわかっていたから、家に帰るとまっすぐ自分の部屋に新聞をもってあがった。売店で見たとき、新聞の見出しにはびっくりだった。だってヴァラミンタは、あの女性警官《じょせいけいかん》とのちょっとした事件《じけん》のほかは、なにも有罪判決《ゆうざいはんけつ》を受けていないはずだから。記事の中身を読んでも、なにをもとにいろいろ書きたてているのか、よくわからない。でも記者たちがおもしろがっているのはたしかで、記事を読めば読むほど、ヴァラミンタに夢中《むちゅう》だった視聴者《しちょうしゃ》が、今は彼女《かのじょ》に反感をもちはじめたってことがはっきりしてきた。うわさに真実があるかどうかなんて、ジャーナリストにとっても視聴者《しちょうしゃ》にとっても、どうだっていいらしい。現実《げんじつ》っていうランプから、ランプの精《せい》みたいにうわさが勝手にあらわれて、いつのまにかひとり歩きしている。そんなところに記者たちは、下品なタブロイドのフルカラーで、読者の望みをかなえてあげてるってわけだ。なぜなら、読者が今では、ヴァラミンタ・ガリガリ・モージャを嫌《きら》いになるって決めたから。〈読者の意識調査《いしきちょう》‥彼女《かのじょ》は番組に残るべきですか、去るべきですか？　七割《わり》が去るべきとの声!!〉
「ねえ、ここにいたいのはやまやまだけど、行かなくちゃ」
　戸口からアイリーンの声がした。

ルルはいそいで新聞をひとまとめにおしりの下につっこんだ。

「そんなあわてることないわよ！」アイリーンが中に入ってドアをしめながらいった。

「わたしだってそういうの、読んでるんだから。すごくない？　ヴァラミンタの一流弁護《いちりゅうべんご》士《し》たちも、思いどおりにうわべをとりつくろうことはできたけど、世論《よろん》まではあやつれないみたいね。あなたたちポムって、タタくときは、とことんやるから。すぐに彼女《かのじょ》にもとどめを刺《さ》すわよ。まあ見てなさい！」

ルルはうかない顔でほほえんだ。

「ヒュドラにもおんなじことできないのが残念」

「なにそれ？」

「ううん、なんでもないの」

「じゃあ、ドリーにさよならいいに来て」

ルルはアイリーンの荷物をいくつか下にはこんでから、パパがマネキンのドリーを慎重《しんちょう》におろしてくるのを見まもった。

「男なんてみんないっしょよね」とアイリーンがジョークをとばす。

「ドリーを追いだしたとたん、またすぐ新しい女の子があらわれるんだから！」

パパが階段《かいだん》のいちばん下の段《だん》でつまずき、バランスをとろうと前につんのめって、アイリーンとぶつかった。

「おっと！」とアイリーン。

「す、すまない」パパがぎこちない手つきでドリーをつかみなおしながら、マネキンの肩《かた》からら落ちかけているコートをなおそうとした。そのとき、同じようにコートをなおそうとしていたアイリーンの手をうっかりつかんでしまい、きまり悪そうにすぐに手を引っこめた。髪《かみ》がパサッと目にかかり、それをうしろになでつける。「すまない」もう一度くり返してから、パパが「さて！」とことばを切った。

「さて！」とアイリーンも同じことばで返した。

「じゃあ、行きます」そしてルルのほうをふりむいた。

「またね」

ルルは前に出て、アイリーンをさっと抱《だ》きしめた。

「じゃあね。アイリーンがうちにいてくれて、すごく楽しかった。ね、パパ？」

ルルには、パパがなんだか少しうろたえているように思えた。その証拠《しょうこ》に、「あ、ああ」と口ごもって、パパはどこを見ていいのかわからないような顔をしている。

それでもすぐに、アイリーンに明るく陽気な笑顔をむけ、

「ほんとに……その……楽しかったよ」といって、せきばらいをした。

「まあとにかく、ほんとにいなくなっちゃうまでには、まだ二、三週間あるんだろ？」

「マイケル、もうわたしの後任《こうにん》はだれか面接《めんせつ》したんですか？」とアイリーンがきいた。

パパはハッとしたようだ。

「きみの後任《こうにん》？　あっ、うん、それは……えっと……」

「まあ、いそがないと！　もうあんまり時間ないですよ」

「う……うん、そうだね」

ルルにはわかった。パパはあたしとおんなじ気持ちなんだ……。


『アップル・スター』。アイリーン。カサンドラ。

ルルの人生をみちびいてくれる三つの光。それがすべて天空へと消えようとしている。

ルルはこれまで味わったことがないほどのさびしさを感じていた。朝刊《ちょうかん》をひろいあげ、クズかごにおしこむ。ヴァラミンタのキャリアが落ち目になったのを見ても、もうそんなに勝ちほこった気分にはなれない。そんなもので、今失おうとしているものすべてをうめあ

わせるなんてできないから。

それに、新たにあらわれたもっと危険《きけん》な敵《てき》、マーフィン・ロッシャーはいまだに自由の身で、ヒュドラみたいに、すぐまた新しいところから顔を出そうとしている。このあいだ新聞に、マーフィンが一週間後に法廷《ほうてい》に出廷《しゅってい》すると書いてあったけど、どうせあの乱闘《らんとう》さわぎの件《けん》を処理《しょり》するだけだ。ほかはなんにも出てこないにきまってる。

ルルはベッドに体を投げだして天窓《てんまど》の外をながめながら、カサンドラのことばを思いだしていた。

「あんたにはまだあんたの星がある」

それでホッとできたらどんなにいいかって思うけど、そんな気分にはなれそうにない。それに、カサンドラがルルの〝贈《おく》り物《もの》〟のことにふれた、あのふしぎなことばも思いだした。今も〝なにかの形で〟ルルがもってるっていうけど――どんな意味かはわからない。

まだ夕方の六時なのに、空はもう暗い。ほかになにをしていいかもわからず、ルルは考えをまとめるために自分の星をさがした。星を見つけると、いつしか「ローマン・フィッシャー」が目の前でマーフィン・ロッシャーに変身したときのことを考えていた。今気づいたけど、あのとき感じた思いを、ルルは身にしみて知っている。ヴァラミンタとトーキルがまだうちにいて、いつだって自分たちに都合よく事実をねじ曲げていたとき、かぞえきれないくらい同じ思いをしていた。そして今、また別のイカサマ男があらわれ、カサンドラの人生をせっせと不幸なものにしつづけている。カサンドラがこの国を出ていかなきゃならないほどに。

「あのミラクル・クッキーさえあったらなあ！」

いつのまにか声に出してそういっているのに気づいて、ルルは自分でもびっくりした。するとそのとき、あることを思いついた。あんまりにもすばらしくて、もう最高で、大いそぎでカサンドラに話さなきゃってわかった。まったく、なんでケータイなくしちゃったんだろう。ぶつくさ文句《もんく》をいいながら、部屋のむこうの机《つくえ》につんのめるようにとびついた。はじめて会ったときカサンドラがくれた名刺《めいし》がまだあるはず。

どこだっけ……どこだっけ……ほとんどすべてのものをひっくり返して、ようやく思いだした。『ヘラクレスの十二の大仕事』のカバーの中だ！

電話は、一度めに留守電《るすでん》にメッセージを残して、二度かけなきゃならなかった。カサンドラが、かかってきた電話をふるいにかけているからだ。

「つながってよかった！」カサンドラが電話に出ると、ルルはさけぶようにいった。

「聞いて、どこにも行かないで、わかった？　あたし、すっごいこと発見したの。だから
せめてあと一週間、そこにいるって約束して！」

第三十四章　あたしだけのレシピ

「はいはい、火事はどこ？　そんなにあわてちゃって」

戸口にあらわれると、フレンチーがいった。

ルルはフレンチーを家に引きいれて、ドアをしめた。そしてパパがいる居間《いま》にちらっと目をやり、「上で話すから！」とフレンチーに耳打ちした。

「わかった。けど、あんまりいられないよ！　ハロウィンからずっと、お母さんの目がきびしくって」

二階の部屋にあがると、ルルはこうふんではちきれそうになっていた。指先でこめかみをトントンとたたく。

「フレンチー、ぜんぶここにあるの！　残らずここに！」

フレンチーが目をぱちくりした。

「なにが？　えっ！　まさか——」

ルルは彼女《かのじょ》の腕《うで》をつかんだ。

「フレンチー、あたしのレシピだよ！　あたしがつくったやつみんな、こまかいとこまでぜんぶ……正確《せいかく》な分量も、正確《せいかく》な指示《しじ》も、みんなおぼえてるの！」

フレンチーがびっくりして口をあけた。

「あ——ぜんぶじゃないんだ？」

「え？　ああ、ううん……じっさいに自分でつくったやつだけ。でもそれってすごくない？」

「うん、ルー、やったね！」

「あたしはまだもってるって、彼女《かのじょ》がおしえてくれたの——彼女《かのじょ》って、カサンドラのことね。『あんたはまだあの贈《おく》り物《もの》をもってるんだよ』」

ルルはカサンドラの低い声をまねてつづけた。

「『なにかの形で永遠《えいえん》にあんたのものだよ』って。どういう意味か、わかんなかったんだ。今日まではね。じつは、最初は、ぜんぶ忘《わす》れちゃった気がしてたんだ。でも気を落ちつけてあたしの星に意識《いしき》を集中したら、みんなどっと頭の中にもどってきたの！」

「すごいじゃん」そういってフレンチーが首をかしげた。

「それで……そのこと、おじさんに知られたくないんだ？」

「ああ」ルルはため息をついた。

「わかんない――そこはまだはっきりしないんだ。とにかく、これに気づいたとき、できるだけ早くフレンチーにいわなきゃって思ったの！」

「ところで、いくつスイーツつくったんだっけ？」

ルルは机《つくえ》にとびつき、一枚《いちまい》の紙切れを手にとった。

「リストにしてみたの。十二もあるんだよ！」とリストをフレンチーに手わたした。

1. ミラクル・クッキー
2. キューピッド・ケーキ
3. デザート仕立ての解毒剤《げどくざい》
4. 知識《ちしき》のナゲット
5. 霊媒《れいばい》サワー、心霊《しんれい》スイーツ
（ふたつ合わせてひとつとみなす）
6. ウィッシュ・チョコレート
7. うぶ毛育毛パンケーキ
8. 怪力《かいりき》マフィン
9. 視力《しりょく》バッチリ・シェイク
10. さかさまケーキ
11. ひそやかブラウニー
12. 眠《ねむ》りの精《せい》のスムージー

「ねえ、フレンチー、それってあたしだけのレシピだよ！　もうだれもとりあげたりなんかできない。ヴァラミンタも、トーキルも、グロドミラも……あの悪党《あくとう》マーフィン・ロッシャーでさえ！」

フレンチーがリストを見つめたまま、ベッドにこしをおろした。

「ルー、これってほんとにすごいよ。もう『アップル・スター』なんか必要ないじゃん！ここにあるのは、もともとルーのためのレシピだったんだよ。ルーがこれをえらんだの。ほら――わかんないけど、三つの願いみたいにさ。まあ、数は四倍だけどね」

ルルはフレンチーのとなりにすわってリストを見た。

「ほんと……これだけあれば、なかなかのもんだよね？」

「かなりのもんだよ。ほんとに、これ以上のぞむなんてできないぐらい」

「おもしろいんだ。考えたら、あたしにあるのはレベル三の〝過激《かげき》〟なレシピが六つと、レベル一の〝軽め〟のが六つなの。上と下で分けといたんだ。過激《かげき》なのが上、軽めのが下」

「なるほど……けどルー、材料はどうするの？　カサンドラはどうなっちゃうの？」

ルルはにっこりほほえんだ。

「フレンチー、いい考えがあるんだ……」

★

オレンジ色のクッキーは、ルルがはじめてつくったときとまったく同じように、見た目も香《かお》りもおいしそうだ。すてきなハロウィンのカボチャ色で、豊《ゆた》かなナッツの香《かお》り。真実のミラクル・クッキーだ。

けっきょく、ルルの手元にない材料がふたつだけあった。カラスの卵《たまご》とラクダのバター。カサンドラは、マーフィン・ロッシャーがぬすみだした材料をみんな失ってしまったけど、それでも、材料がどこで手に入るかは知っていたから、注文の品は五日でとどいた。

そしてあとふたつ、ルルがカサンドラからもらわなければならないものがあった。でもそれは、マーフィンが魔法《まほう》のレシピとの関係に気づかず、ぬすまなかったため、今もカサンドラがもっていた。あのダチョウの羽と特別なインクだ。

ダチョウの羽は古代エジプトの真実の女神、マアトのシンボルで、ちょっとしたおまじないに使う。そしてインクは〝ドウシテ〟のためのもの。手順はわかっている。ルルはそのインクで、こんどのミラクル・クッキーをなんのためにつくるのか、紙に理由を書いたあと、その紙を水にひたして、煎《せん》じた液《えき》をクッキーの種に加えなければならない。そしてすべての材料がすっかり混《ま》ざったら、ブクブク泡《あわ》がたつあいだ、うしろにさがって待つ。

最後の大きなあつい泡《あわ》が吐《は》きだされるまで、近づいてはいけない。前回はそばにもどるのが早すぎて、説明にこまる〝日焼け〟あとが残ってしまった。そして今回はもうひとつ、特別な注文が入っている。クッキーを前よりも小さく、アーモンド形にしてほしいと、カサンドラにたのまれていた。

「どうして?」とルルはきいてみた。

「いずれわかるよ」それがカサンドラの答えだった。

ルルがクッキーを焼いていた日、とちゅうでパパがキッチンに入ってきた。

「お、ヌードル、今でも料理してるんだ? あんなことがあって、もう興味をなくしちゃったんじゃないかって心配してたんだ……あの本のことがあって」

もちろんそのときパパは、ルルがあの魔《ま》法《ほう》のレシピで料理をしてたなんて、夢《ゆめ》にも思っていなかった。

そして今日、ついにその日がやってきた。マーフィン・ロッシャーの法廷審問《ほうていしんもん》の日だ。ミラクル・クッキーをマーフィンに食べさせて、あらいざらいぶちまけさせようっていうねらいだ。あの人にどうやってクッキーを食べさせるのか、ルルはやきもきしていたけど、カサンドラがいってくれた。

「ミラクル・クッキーをあたしにくれるだけでいい。あとはまかせなさい！」って。

少し反対にはあったものの、けっきょくパパは、ルルとフレンチーを審問《しんもん》に連れていくといってくれた。

「いいか、裁判《さいばん》じゃないんだ。どうせ五分で終わっちゃうんだぞ」

と、パパは不満そうだった。

「だったらよけい、そんな大さわぎすることないじゃない」

とルルがやり返すと、パパはおとなしくなった。

ところが、審問《しんもん》の開始が一時間近くもおくれると、どんどんイライラしはじめた。やらなきゃならない仕事があるとかなんとか、しきりとぶつぶついっては、電話をかけに何度も外に出ていった。

パパが外に行っているあいだに、カサンドラがうすよごれた待合室にもどってきて、落ちついたようすでルルのとなりにすわった。すでにクッキーの〝始末《しまつ》〟はつけてきたらしい。

「おくれてるんです」とフレンチーがカサンドラにいった。

「それはよかった！」カサンドラがパッと顔をかがやかせ、ルルに耳打ちした。

「ローマンがおなかを空かせれば空かせるほど、好都合だからね！」

ルルは部屋の中を見まわし、こっそり小声できいてみた。

「どうやったの？」

カサンドラがほほえんだ。

「マーフィンの、エヘン、大好きなおばさんが、あいつに手づくりクッキーを送ってくれたのさ。昔からいつもおばさんが焼いてたみたいな、小さなアーモンド形のね」

ルルは目をまるくした。

「カサンドラのお母さん？」と口の形で問いかける。

カサンドラはうなずくと、肩《かた》を上下させながら、声を出さずに笑った。

「おばさんはアラビア語の手紙まで同封《どうふう》してたんだよ。過去《かこ》の罪《つみ》をゆるしますってね」

「……では、被告《ひこく》はこれら容疑《ようぎ》を否認《ひにん》している、そういうことですか？」裁判官《さいばんかん》がいった。

「はい、そうです」と警官《けいかん》がこたえた。

ハロウィンの夜、マーフィン・ロッシャーを逮捕《たいほ》した、あの警官《けいかん》だ。

ビシッとスーツできめた白髪頭《しらがあたま》の女性裁判官《じょせいさいばんかん》が苦笑《にがわら》いした。

「どう考えても〝ローマン・フィッシャー〟は〝マーフィン・ロッシャー〟のもじりなのに」

マーフィンのとなりにすわる弁護士《べんごし》らしき男が、はじかれたように立ちあがった。

「おことばですが、裁判官《さいばんかん》、偶然《ぐうぜん》の一致《いっち》はなんの証拠《しょうこ》にもならず――」

「ええ、もちろん、わかってます」

裁判官《さいばんかん》が弁護士《べんごし》をさえぎって、うんざりしたように片手《かたて》をふった。

「ああ、どうぞすわってください！」

ふけだらけで脂《あぶら》ぎった感じの弁護士《べんごし》が、しぶしぶ席にもどった。ルルは、マーフィン・ロッシャーをよく見ようと、身を乗りだした。あのかたく閉《と》じた唇《くちびる》、しわの寄《よ》ったおでこの感じ……まちがいない。あれは、真実をぶちまけたいのを、けんめいにこらえてるってことだ。もうちょっとで……

「では、その謎《なぞ》の『ローマン・フィッシャー氏』は、いまだ特定されていないのですか？」

と裁判官《さいばんかん》がきいた。

「その件《けん》につきましては、現在《げんざい》も捜査中《そうさちゅう》であります」と警官《けいかん》。

そのとき、とつぜんマーフィン・ロッシャーが立ちあがった。全員の目が彼《かれ》にむけられた。

「おれだよ！」とマーフィンが大声でいう。

よし！　ルルは心の中でさけんだ。マーフィンは、ミラクル・クッキーのせいで秘密《ひみつ》をバラしたときのトーキルと同じ、おどろいたような顔をしている。

弁護士《べんごし》はギョッとしていた。マーフィンの服のそでを引っぱって、イスにすわらせようとしている。

「裁判官《さいばんかん》、わたしは――」

「被告《ひこく》にしゃべらせなさい！」

裁判官《さいばんかん》がぴしゃりといった。

そしてマーフィンに顔をむけた。

「今の発言《はつげん》は……？」

「名前のことは偶然《ぐうぜん》の一致《いっち》なんかじゃない」

マーフィンが大胆《だいたん》に宣言《せんげん》した。アクセントがまた〝イギリス紳士《しんし》〟にもどっている。

「おれこそが『ローマン・フィッシャー』なんだよ！」

法廷《ほうてい》じゅうに、ささやきあう声が起こった。ローマンの弁護士《べんごし》が両手に顔をうずめた。

裁判官《さいばんかん》はおどろいたように眉《まゆ》をあげている。

「じゃあ、話はかんたんよね？」そういって首のチェーンにさげていたメガネをかけた。

「どれどれ……」

「そのとおり、おれさまが『ローマン・フィッシャー』だ！」

ローマンがつづけた。もう止められなくなっている。

「おれは悪党《あくとう》、それも切れ者の悪党《あくとう》さ！」と、声をかぎりに宣言《せんげん》した。

前のめりに体をまるめていた弁護士《べんごし》が、ゆっくりと机《つくえ》におでこをぶつけた。

バンッ！　裁判官《さいばんかん》の小づちが打ちならされた。

「切れ者だろうがなかろうが、ローマン・フィッシャー、あなたは刑務所《けいむしょ》行きよ！」

ルルが顔をかがやかせてカサンドラを見ると、彼女《かのじょ》がひかえめに小さく親指を立ててみせた。

フレンチーがルルの腕《うで》をぎゅっとつかんでこうふんぎみにささやいた。

「やったね！」

第三十五章　神さまの食べ物

ルルは、キッチンテーブルにならべた四角い紫《むらさき》のシルクのまんなかに、それぞれウィッシュ・チョコレートを三つずつのせていった。そして銀色のリボンで結び、トレイにのせて居間《いま》にはこんだ。

アイリーンが暖炉《だんろ》の横でひざまずき、クリスマス用に緑色と銀色の葉っぱ、それに星のイルミネーションで飾《かざ》りつけた炉棚《ろだな》を手なおししている。

「わあ、それ、パパがすっごい喜びそう！」とルル。

アイリーンがしゃがんだままひざを起こした。

「だといいんだけど。ツリーとよくあってるでしょ？」

毎年ルルは、何年も使いつづけている古くてくたびれたおもちゃのデコレーションを引っぱりだしてきて、自分でツリーを飾《かざ》りつけていた。でも今年はアイリーンのおかげで、深緑と紫《むらさき》と銀色にいろどられた、みごとな作品にしあがっている。

「あたし、このツリー大好き」

いいながらルルは、ウィッシュ・チョコレートの小さな袋《ふくろ》をツリーに結びはじめた。クリスマスには、友だちとその家族が十二人集まり、ルルもふくめてひとりひとりが、三つのウィッシュ・チョコレートをもらうことになる。アイリーンがそのひとりじゃないことを思うと、どうしてもさみしさがこみあげてきた。

彼女《かのじょ》はクリスマスには故郷《こきょう》のオーストラリアに帰ることになっている。それどころか、今日は、アイリーンがうちのお手伝いさんをする最後の日だ。一月になったら彼女《かのじょ》はワクワクする新しい仕事をはじめ、ルルはもう、友だちで、お姉さんで、大好きなおばさんみたいな彼女《かのじょ》に、そばにいてもらえなくなる。今夜は、その最後の日を記念して、三人いっしょに食事に出かけることになっていた。

玄関《げんかん》が開いて閉《と》じるのが聞こえた。パパだ。

「あらやだ、もう帰ってきた！」

アイリーンがパッと立ちあがって、髪《かみ》を結んでいたシュシュをとった。そして電気のスイッチにとびつき、パパが部屋に入ってきたのと同時に、ツリーがライトアップされた。

「ジャジャーン！」とアイリーンがいう。

パパがぴたりと足を止め、目をパチパチさせた。

「ワオ！」と声をあげ、ツリーに近づいて、そのできばえをほれぼれと見つめた。

「アイリーン、ぜんぶきみがやったのかい？」

アイリーンがひかえめに肩《かた》をすくめてみせた。

「ええ、ほんの……お別れのプレゼントに」

「じゃあ、気に入った？」とルル。

「すごいよ」こんどはパパの声に悲しみがにじんでいた。

「そのワンピースもすてきだね」

アイリーンが今日のお出かけのためにおめかししているのに気づいて、パパがつけくわえた。

「めずらしいな、きみの……ワンピース姿《すがた》。いいね、えっと、そこの……」

とジェスチャーで、首もとの飾りのことをいっているんだと伝えた。

「ありがとう！」アイリーンが少し赤くなった。

気まずい、間《ま》ができる。

「さてと！」と明るくアイリーン。

「さてと！」とパパ。

「それじゃあ、行く？」とルル。

パパがふさふさの髪《かみ》を手でかきあげた。

「えっと……そうだな」


ルルはよく行くレストランの主人のことをウィリー・ウォンカと呼《よ》ぶのが気に入っている。ロアルド・ダールが書いた『チョコレート工場の秘密《ひみつ》』に出てくる、工場の経営者《けいえいしゃ》の名前だ。もちろん、ウォンカは主人のほんとの苗字《みょうじ》じゃない。でも、古いチョコレート工場の最上階でレストランを経営《けいえい》して、おまけにレストランの名前は〈チョコレート工場〉。そして彼《かれ》は、リンゴのようなほっぺと毛虫みたいなげじげじ眉毛《まゆげ》をした、にぎやかで威勢《いせい》のいい人だ。だからこの名前は、おどろくほどあっている。

「マイク、ああ、やっと話ができる！」

食事も終わりに近づいたころ、レストランが空《す》きだしたのを見はからって、ウィリーがとどろくような声をあげてやってきた。そしてテーブルにブランデーのボトルをおき、すわって仲間に加わった。

「最新のニュースは聞いたかい?」と、ルルのパパにブランデーをそそいだ。

「あのヴァラミンタって女、『ファッション・ポリス』の仕事を失ったみたいだな」

「ふーっ!」

アイリーンが大声をあげてテーブルをバシッとたたいたせいで、となりのテーブルの人たちが彼女《かのじょ》をにらみつけた。

パパは一瞬《いっしゅん》ギョッとしたものの、すぐに大笑いをはじめた。つられてルルもクスクス笑いだし、最後にはアイリーンも笑いだした。

ウィリーがげじげじの眉《まゆ》をあげた。

「ようし! こりゃお祝いって感じだな。それ、乾杯《かんぱい》!」とグラスをもちあげた。

「ヒック! いやだ!」アイリーンがしゃっくりをはじめた。

「笑うのやめないと。ヒック!――やだ、どうしよう!」

「水を飲んだらいい」パパがアイリーンにお水をそそいだ。ところがそのお水を飲んでも、アイリーンのしゃっくりはますますひどくなるばかりだ。

「しゃっくりを止めるなら、お水はさかさまに、グラスのむこうから飲まなきゃ!」

ルルはなおも笑ったまいった。

「もうオーストラリアにいるつもりで」

「外の空気は？」とウィリーが提案《ていあん》する。

「テラスに出てみてはどうかな？」

「ヒック！　それは……ヒック！……いいかもしれませんね」アイリーンが立ちあがった。

「ちょっと失礼！」

「ウィリー、彼女《かのじょ》、すごく料理がおいしいっていってたよ」

アイリーンが出ていくと、パパがいった。

「だからちょっといそいで食べすぎたんだな、きっと」

「ほお、おいしく食べてくれる女性《じょせい》ってのは、じつにいいね！」

ウィリーがにっこり笑って、ほっぺたをかがやかせた。

パパがテラスのアイリーンにちらっと目を走らせた。

「おい、見てくれ、あれじゃ凍《こご》えちゃうよ――コートをもってかなかったんだ」

パパはさっと立ちあがると、「すぐもどるよ」といって、アイリーンのコートをもって出ていった。

「おや、騎士道精神《きしどうせいしん》の時代はまだ終わってないな！」

とウィリーがため息をつく。そしてルルのほうをむいた。

「チョコレート・プディングのお味はいかがかな？」

「とーっても、ゆーっくり、食べてるの。だってすごくおいしいんだもん」

それに、この夜が終わってほしくないから。だって終わったら、それはアイリーンとの最後の日が終わるってことだから……。

「友だちのアイリーンも、きみをお手本にしたらよかったんじゃないかな！」

ウィリーがふざけていった。ルルは、そのことばを聞いてほほえんだ。

「そうみたい」あたしをお手本にか……。思わず『アップル・スター』をなつかしく思いだして、切ない気持ちになる。でも、あの本を恋《こい》しいとは思うけど、今はもう、なくしたことを思って、あんな絶望感《ぜつぼうかん》とか、たまらない悲しみで胸《むね》がいっぱいになることはない。だって今は、〝あたしだけのレシピ〟が記憶《きおく》の中に永遠《えいえん》につまってるから。むしろ、あの本が自分にとってかなりの負担《ふたん》になってたってことに、今は気づいている。もう、本がぬすまれるんじゃないかって、あんな不安はまるでない。

けど、アイリーンを失うことは、どうしたって悲しい。さびしくなるにきまってる！

「……思わないかい？」

「え？」ふいにルルは、ウィリーの話を聞いてなかったことに気づいた。

「こういったんだよ。ここでオリュンポスの山に住んでるギリシャの神になった気になればいいって」とウィリーがくり返した。

「神々の食べ物《アンブローシア》を食べながら、下界の人間たちを見おろすのさ！」

ルルはチョコレート・プディングをまたスプーンですくいながら、さかさまケーキが効果《こうか》を発揮《はっき》した、あの地理の授業《じゅぎょう》を思いだして、いった。

「知ってた？　チョコレートのもとになるカカオの学名は、ほんとは〝神さまの食べ物〟って意味なの」

ウィリーの顔がパッと輝《かがや》いた。

「そりゃまたぴったりだ！」

アイリーンにあげるのはやっぱりチョコレートじゃなきゃならなかったんだ。今まで知らなかった人生のもっと高いところに、アイリーンがのぼるためのものなんだから。そんなことを思いながら、ルルはまたひと口チョコレート・プディングを口に入れ、窓《まど》の外のテラスに目をやった。

そして、おどろきの光景に、プディングがのどのへんなところに入っていった。思わずスプーンをとり落として、せきこみはじめる。

ウィリーがびっくりしていった。

「なんだい？」

ルルはナプキンをつかみ、その中でさらに何度かせきをしながら、窓《まど》から目をはなした。

自分でもよくわからない。恥《は》ずかしいんだか、うれしいんだか、それとも……。

頭が真っ白だ。だって、あんまりにも思いがけないものを見てしまったから。

パパがアイリーンにキスしてるところを……。

「あれま」ようやくウィリーも気づいたらしく、声をあげた。

「いやまあ、わたしの知るかぎり、しゃっくりを止めるにはあれがいちばんの特効薬《とっこうやく》さ！」

第三十六章　スイーツの魔法《まほう》

いつだってケーキはなにかの形で登場する。

ルルはそんなことを思った。ケーキは誕生《たんじょう》パーティーの目玉だ。

ルルの五歳《さい》の誕生日《たんじょうび》、ママがおとぎ話に出てくるお城《しろ》みたいな、大きなケーキを焼いてくれたときもそうだった。ケーキの上には星みたいにキラキラかがやく五本のろうそくがのっていて、幼《おさな》いルルが吹《ふ》き消《け》して願いごとをするのを待ちかまえていた。あのとき、なにをお願いしたんだろう？　今では思いだせない。小馬だったかもしれない。

なにかおそろしいことが起きたときにも、やっぱりあたしはケーキをつくるだろう。戦争だろうと、凶作《きょうさく》だろうと、自然災害《しぜんさいがい》だろうと、これからそんなときには、募金《ぼきん》集めのためのケーキを焼こう。それにこれまでだって、あたしなりのささやかなやり方で、さかさまケーキやキューピッド・ケーキのレシピを使って、だれかを助けてきた。

そして、この、結婚式《けっこんしき》のケーキ。

人によっては、まばゆく白いパルテノン神殿《しんでん》ふうのケーキを何段《なんだん》にもつみかさね、天井《てんじょう》までとどくほどのケーキが必要だと感じる人もいる。てっぺんの展望台《てんぼうだい》には、自分たち幸せなカップルに見立てた人形を入れて。ヴァラミンタなら、まさにそんなケーキだったはず……。

でもこのケーキは、ちっともそんなんじゃない。うすい黄色のピラミッド形神殿《しんでん》をリンゴの形のアイシングで飾《かざ》りつけし、金色の葉っぱでキラキラ光るケーキ。てっぺんにまるくわたした透明《とうめい》のワイヤが、銀色のたくさんの星々をささえている。これが『アップル・スター』への感謝《かんしゃ》のしるしだとわかるのは、結婚式《けっこんしき》に集まった人たちの中で五人しかいない。花嫁《はなよめ》と花婿《はなむこ》、フレンチーにカサンドラ……そしてもちろん、ルル本人だけ。今日という日にも大きな意味がある。今はまた夏、そして今日は、パパがヴァラミンタと結婚《けっこん》するはずだった日からちょうど二年めだ。

でも今日、パパが結婚《けっこん》するのはアイリーン。ああ、びっくり！　アイリーンなら、そういっているところだ。こんなことになるって、だれが思っただろう？

フレンチーとグリニーがルルのところにやってきて、新郎新婦《しんろうしんぷ》がケーキカットするのを三人でいっしょに見まもった。拍手喝《はくしゅかっ》さいがわきおこり、やがて音楽が流れだすと、最初

のダンスをおどるため、パパがアイリーンをフロアにさそいだす。

テーブルをはさんだルルのむかいには、アイリーンの両親がすわっている。そばかすだらけでしわもあるけど、若々《わかわか》しい顔のふたりが、ほこらしげにほほえんでいる。

「まあ、あの子、絵みたいだわ！」

アイリーンのお母さんが感激《かんげき》に声をあげながら、ナプキンで目頭《めがしら》をおさえた。

「あれはわたしが昔着たイブニングドレスなのよ」とルルにおしえてくれた。

「ああ、あのドレス、なつかしいなぁ！」とアイリーンのお父さん。

「知ってるかい？　あの子は晴れの結婚式《けっこんしき》だっていうのに、なにも新しいものをわたしらに買わせてくれなかったんだよ」

「ヴァラなんとかとは大ちがいじゃん！」とフレンチーがひそひそ声でいった。

「やだ、ほんとだよね」

ルルは、ヴァラミンタがものすごい大金を使って注文しまくった大量の高級サテン地や、何度となく出かけていった仮縫《かりぬ》いのことを思いだした。すべては雑誌《ざっし》の『チャウ！』にのせてもらう盛大《せいだい》な結婚式《けっこんしき》のための準備《じゅんび》で、そんなものはヴァラミンタには関係あっても、パパにはまるで関係なかった。

「アイリーンはああいう見えっぱりなもんにはぜんぜん興味《きょうみ》ないんだよ。じつは、そういうとこがママにすごく似《に》てるって思うんだ」

と、ルルはつけくわえた。口に出してみると、ほんとにそのとおりだって実感する。古い写真の中のママは、いつだってうっとりするほどすてきに見える。ちょっと計画性《けいかくせい》のない〝いっちょうら〟を着ているときでさえ。おしゃれはけっしてママの得意分野じゃなかった。だってママは、長ぐつをはいているときのほうが幸せだったから。

「たぶん、だからルーのお父さん、彼女《かのじょ》のことが好きなんだよ」とグリニーがいった。

ルルは、パパとアイリーンがクルクルとダンスフロアで踊《おど》る姿《すがた》を見つめた。若々《わかわか》しいふさふさの髪《かみ》をしたパパと、ドレスのすそに一九七〇年代ふうの風変わりなシルクの飾《かざ》りをつけたアイリーン。

「うん、ほんと、きっとそうだよね」

にっこり笑いながらルルは、こんな結末になるまでのことを考えていた。アイリーンを助けるために、自分のためにはちっともならないと思いながらウィッシュ・チョコを使ったのに、けっきょく、こんなうれしい予想外の結末を手に入れられた。

それに引きかえヴァラミンタは、闘志《とうし》まんまんの牙《きば》とピカピカにマニキュアをぬった爪《つめ》で自分の思いどおりにしようとして、けっきょくすべてを失った。パパも、『アップル・スター』も……テレビスターの地位さえ、今ではとてもとりもどせそうにない。

そしてマーフィン・ロッシャーはあの欲深《よくぶか》さのせいで、ついに牢屋《ろうや》行きだ。

アイリーンのお母さんが、会場を飾《かざ》るフラワーアレンジメントをじっと見つめた。

「イギリスにはずいぶん変わった花があるんだねぇ！」という。

「それ、おらの女房《にょうぼう》がやった」そばの席からコスタスがいった。

「きれいだろ？」といってルルにウィンクし、ルルもほほえみ返した。

〝変わった花〟の出どころはルルの庭で、イズモの木に咲《さ》いていた、目にあざやかな濃《こ》いピンクの花もふくまれている。ありがたいことに、カットした枝《えだ》はおしゃべりができない。

「ところで、ルル」とコスタスが打ち明けた。

「今じゃ、おら、あの草たちにずいぶんなじんだ。けっこう気に入ってる！」

「よかった。ねえコスタス、あの子たちって……個性《こせい》があるでしょ？」

コスタスがしゃがれた大きな声で笑った。

「個性《こせい》、たしかに！」

「ねえ、見て。ふたりがケーキくばってる」フレンチーがいった。

ルルはパッと立ちあがった。

「やったー！　さっきから楽しみにしてたんだ」

フレンチーが横目でルルを見る。そして「ルー」と、ひそひそ声で耳打ちした。

「まさか……ケーキになんか入れてないよね？」

ルルは、さもギョッとしたみたいに息をのみ、フレンチーをふざけておしやった。

「フレンチー！　やめてよ！　ふつうの食べ物だって、じゅうぶんに魔法《まほう》をもってるってことがあるんだから。ほら、行こう」

ケーキのほうにむかいながら、ルルはずっと昔、まだたった五歳《さい》のときに聞いた、ママのことばを思いだしていた。

あのときママの顔はオーブンの光でかがやき、そのオーブンの中では、ケーキが妊婦《にんぷ》さんのおなかのようにふくれあがっていた。

「魔法《まほう》みたいでしょ？」とママはいっていた。

うん、ほんとに！

魔法《まほう》、みたいだね。

訳者あとがき

この物語は、イギリスのロンドンを舞台《ぶたい》に、十三歳《さい》のルル・ベイカーが魔法《まほう》のレシピ本を使って大活躍《だいかつやく》する「魔法《まほう》のスイーツ大作戦《だいさくせん》」のシリーズ第三弾《だいさんだん》。そしていよいよ完結編《かんけつへん》です。これまでルルは、魔法《まほう》のスイーツで自分や身近な人たちをピンチからすくってきました。第一作『ミラクル・クッキーめしあがれ』では、真実《しんじつ》をあばくクッキーで、パパが再婚《さいこん》しようとしていたヴァラミンタ・ガリガリ・モージャと、その息子トーキルの腹黒い本性《ほんしょう》をあばき、ふたりをみごと家から追いだすことに成功。そして第二作『恋《こい》のキューピッド・ケーキ』では、恋《こい》のめばえるケーキで、親友フレンチーの離婚《りこん》した両親をふたたび結びつけることにも成功しました。

ところがそのルルをまたもピンチが、それも最大のピンチがおそいます。どこまでもしぶといガリガリ・モージャ親子がしょうこりもなくルルの魔法《まほう》のレシピ本をつけねらい、もっと手ごわい敵《てき》まで連れてきたのです。おかげでルルは命の危険《きけん》にまでさらされるはめに……。しかもピンチはそれだけではありません。大事なものをいっぺんに三つも失うことになりそうなのです。その三つがなにか、そして今回もルルはこのピンチを切りぬけることができるのか、どうかみなさんの目で、その結末を見まもってください。

さて、今回お話の中にはいろいろなスイーツが登場しますが、なかでもカギをにぎるのがチョコレート。そしてこのチョコレートの原材料であるカカオは、別名テオブロマ、「神さまの食べ物」という意味だそうです。なんだかすごく特別なスイーツに思えてきますね。今回ルルは、この特別なスイーツをある人に贈《おく》るかどうかで、とても悩《なや》みます。「自分がよければいいって考えで人生を送るのか、自分が犠牲《ぎせい》をはらってでも人を助けてあげられるのか……」むずかしい問題です。自分がこまらない範囲《はんい》でならいくらでも人助けできるのに、だれかを助けることが自分にとってのぞまない結果をまねくとしたら、どちらをえらべばいいんでしょう？　ひょっとしたら今もみなさんの中には、そんな悩《なや》みをかかえた方がいるかもしれません。そしてきっとだれもが、この先一度や二度は、同じ悩《なや》みを経験するでしょう。そのとき、ルルのこのお話が少しでもみなさんの背中《せなか》をおす手助けになれたとしたら、この作品にかかわった人間として、これ以上の喜びはありません。

二〇〇七年一月　露久保由美子

作✿フィオナ・ダンバー（Fiona Dunbar）

ロンドン在住。大学卒業後、得意の絵の腕をいかして、広告や雑誌のイラスト、児童書の挿し絵、さらには自身でも三冊の絵本を書くなどして活躍。その後、著者自身はじめての子ども向け小説である本書の前作『魔法のスイーツ大作戦　ミラクル・クッキー　めしあがれ!』を書こうと決意。

物語を書くのと同じくらい、料理が好き。どちらも即興で進めていくようなところがある。おかげで、ときどきびっくりするようなものが。ただし、びっくりのすごさにかけては、ルル・ベイカーの焼くスイーツにはかなわない!

訳✿露久保　由美子（つゆくぼ ゆみこ）

神奈川県在住。訳書にヘレン・フィールディング『セレブリティを追っかけろ』（ソニー・マガジンズ）、ケイト・ホワイト『「したたかな女」でいいじゃない!』（PHP研究所）、ケイト・ブライアン『プリンセス・プロジェクト』（理論社）など。

好きなことは、読書と、映画やお芝居の鑑賞など。スポーツのテレビ観戦も好きです。（野球、テニス、陸上、バレー、フィギュアスケート、格闘技、オリンピック、ワールドカップ、など……けっこう忙しく）

イラスト✿千野　えなが（せんの えなが）

千葉県在住。佐竹彬『飾られた記号』、『三辺は祝祭的色彩』、『開かれた密室』（以上メディアワークス）、宮部みゆき『ステップファーザー・ステップ』（講談社）などでイラストを手がけ、いずれも大好評を得る。

鳥、リス、虫。トカゲにヤモリにカエル……。とにかく動植物をこよなく愛する。お茶にはまっています。

魔法のスイーツ大作戦 3
夢をかなえて! ウィッシュ・チョコ

フィオナ・ダンバー/作
露久保 由美子/訳
千野 えなが/絵
カバーデザイン/ニシ工芸株式会社［亀井 優子］

2007年 2月 初版第1刷発行
2007年 6月 初版第2刷発行

発行者 北林 衛
編集 中川 美保
発行所 株式会社フレーベル館
〒113-8611
東京都文京区本駒込6-14-9
電話 営業03-5395-6613
編集03-5395-6605
振替 00190-2-19640
印刷所 東京書籍印刷株式会社

Printed in Japan.
344p. 19×13cm. NDC933. ISBN978-4-577-03287-9

http://www.froebel-kan.co.jp